★核铸强国梦系列丛书★

激情岁月讴歌

——中国核工业的发展历程和创业精神

郑庆云 主编

中国原子能出版社

图书在版编目（CIP）数据

激情岁月讴歌 / 郑庆云著 .—北京：中国原子能出版社，2019.5（2025.4重印）

（核铸强国梦系列丛书）

ISBN 978-7-5022-9806-7

Ⅰ. ①激… Ⅱ. ①郑… Ⅲ. ①纪实文学－中国－当代 Ⅳ. ① I25

中国版本图书馆 CIP 数据核字（2019）第 097271 号

激情岁月讴歌——中国核工业的发展历程和创业精神

出版发行 中国原子能出版社（北京市海淀区阜成路 43 号 100048）

责任编辑 刘 岩

装帧设计 谢定莹

责任校对 冯莲凤

责任印制 赵 明

印　　刷 北京厚诚则铭印刷科技有限公司

经　　销 全国新华书店

开　　本 787 mm × 1092mm 1/16

印　　张 16.5

字　　数 157 千字

版　　次 2019 年 5 月第 1 版 2025年 4 月第 3 次印刷

书　　号 ISBN 978-7-5022-9806-7 **定　　价** 32.00 元

网址：http://www.aep.com.cn　　E-mail:atomep123@126.com

发行电话：010-68452845

原版序

我国核工业的创建与发展犹如一幅气壮山河的历史画卷，蕴含着领导者的英明决策、科学技术人员的智慧奉献、党政管理干部的组织协调和广大职工的辛劳苦干。一种共同的精神凝聚成势不可挡的合力，在进军核科学技术征程中夺关破隘，取得了一个又一个胜利；为国争光，为民争气，提高了国际地位，振奋了民族精神。

《激情岁月讴歌》一书集中反映了核工业创业精神，作者郑庆云同志大学毕业投身于铀浓缩事业，以后调入核工业部机关从事发展和政策研究。他是核工业亲历者，又是参与谋划者。他探索、挖掘、思考、概括，从核工业文献、领导讲话和亲身实践中得到启发和感悟，逐步凝练成“事业高于一切，责任重于一切，严细融入一切，进取成就一切”四句话的核工业精神，很快得到领导者和广大干部职工的认同，形成共识，并在全系统广泛传播。近几年，他为宣传弘扬“四个一切”核工业精神做了不少工作。现在他又把宣讲核工业发展历程、创业者故事和核工业精神的文字材料三位一体汇编成册，形成这本可读、可看、可查的《激情岁月讴歌》，奉献给读者，是值得称赞和高兴的。

习近平同志在党的十八大后，提出了实现中华民族伟大复兴的中国梦，必须坚定走中国道路，弘扬中国精神，凝聚中国力量。《激情岁月讴歌》记载的核工业发展历程正是走中国特色社会主义道路的历程，反映的核工业精神正是体现了以爱国主义为核心的民族精神和以改革创新为核心的时代精神。核工业广大干部职工要继承和弘扬核工业历史文化传统，在新的历史时期做出新的更大的贡献。

刘杰

2013 年 3 月 31 日

（序作者：原中顾委委员、二机部部长）

序 言

他用激情讴歌了核工业激情岁月

庆云同志是新中国培养的第一代核科技工作者，“激情、认真、滚雪球”是雕刻他人生的三把刀，也是他毕生工作的动力、努力、能力的写照。

他在核工业两次创业中磨练，在追求兴核强国中奋战，在“两弹一艇”事业中闪烁光彩。他退二线后，领头组织撰写秦山核电二期建成总结，在定稿前夕，他通宵达旦地修改、完稿，那时他 64 岁。进入 80 岁高龄时，他应邀赴全国各地讲授“两弹一星”精神和“四个一切”核工业精神。

他有一句口头语：“听到的、看到的都是身外之物，只有记下来、写出来的，才是自己的、才能有益于他人。”他常对年轻人强调“记”和“写”，他自己更是变说教于践行的第一人……

1983 年，庆云同志从兰铀厂调入核工业部机关后，我们开始认识。后来，中国核学会成立核能动力分会，庆云同志当选常务副理事长，协助我工作。我俩有了深一步的交往和合作。现在，我们又在中核集团科技委一个党支部过组织生活，有更全面的沟通。在生活上，我俩还是好邻居。我了解他，熟悉他，喜欢他，推荐他，更推荐他的新版《激情岁月讴歌》。这是一部内容丰富、语言简洁的好作品，是弘扬和传承核工业优秀传统和文化的好教材。它的出版和发行，定会给广大读者对我国核工业发展历程和创业精神有更多的了解和启示。

是以为序。

彭士禄

2019 年 5 月 4 日于北京

〔彭士禄，中国工程院资深院士。他是革命英烈彭湃的优秀儿子，是中国核动力领域的开拓者和奠基人之一，是我国核潜艇第一任总设计师。曾任原六机部和水电部副部长、中共广东省委常委、核工业部总工程师，中共中央候补委员、全国人大常委。〕

自述

在我出生前半年，日本鬼子的侵略魔爪伸向我国华北。我幼小的心灵，种下了复仇的种子。

当我到了记事的年纪，世界进入原子能时代。“原子”成了当时最时髦的词儿，我天真地企盼华夏早日迎来原子能。

长大了，把这两件事情联系起来，那就是兴核强国。

我自称“一代核人”，是两次核浪潮涌推上来的幸运儿。

第一次浪潮，是 1955 年 1 月 15 日，中共中央召开了书记处扩大会议，做出中国要发展原子能工业的战略决策。这次浪潮把我推向清华大学工程物理系。

第二次浪潮是 1962 年 11 月 17 日，中央成立以周恩来总理为主任的中央专委，下大力实施《两年规划》。这次浪潮把我推进了核工业兰州铀浓缩厂。

这两个地方是我成长、成熟、成家的地方。从此，建设核工业成了我终生的事业。

在从业44年中，可用三句话来概括。那就是：

在核工业两次创业中磨炼；

在追求兴核强国中奋战；

在“两弹一艇”事业中闪烁光彩。

值得记下的是我80岁的光阴。

2018年我跨进80岁高龄，正逢国家改革开放40周年，也是我工作过的核工业兰州铀浓缩厂创建60周年，又是顺利实施战略重组后“新中核”的起步之年。

这一年，我做了五件事：弘扬核精神、文通青年人、关心核今昔、根植下一代、尽责保健康，可以说是喜庆的一年、丰收的一年、欣慰的一年。

一、弘扬核精神

这一年，我应邀赴全国各地讲授“两弹一星”精神、“四个一切”核工业精神共18次。包括讲创业史、创业精神的《“两弹一艇”简史及核工业创业精神》，讲思想作风建设的《弘扬核工业精神，加强思想作风建设》，讲阅读与写作的《漫话读书、积累和思考》。而且比以往有两个突破：一是从中核集团圈内走向圈外，包括国家核安全局、核安全中心、华能电力公司等；二是授课对象从新入职的员工、青年职工到总部机关干部、后备干部，核电工程公司总经理、生态环境部领导也参与了课题的探讨。

讲课，我是认真的，每一次都尽力准备，希望比之前做得更好。我对《“两弹一艇”简史及核工业创业精神》这篇主讲稿前前后后改了10遍，现在用的是第11稿。新稿体现了图文并茂、精炼历史、突出精神、讲透重点、融入自我，听众反映讲述的内容打动人、激励人、鼓舞人，是我国核工业的文化根底、精神瑰宝。

二、文通青年人

我有一句口头语：“听到的、看到的都是身外之物，只有记下来、写出来的，才是自己的、才能有益于他人。”大作家莫言说过：“用嘴说出的话随风而散，用笔写出来的话永不磨灭。”我常对年轻朋友强调“记”和“写”，我自己当然更应该变说教于践行。

2018年，我应约为《中国核工业》杂志和中核兰铀公司《大红山之歌》撰写了6篇文章，《中国核工业》杂志全年12期，其中6期有我的声音。比如在第11期中，我与周超然、刘达合著《在改革中新生，在开放中崛起》，在第12期中《新时代如何传承核工业精神》。通过这些文章，我告诉年轻人，“别在该吃苦的年纪选择安逸，要担当起建设核工业主力军的大任。”希望他们“心有大我，至诚报国”，要处理好"小我"与"大我"的关系，要在一个工作团队中，形成"大我"关爱"小我"，"小我"奉献"大我"，"我为人人，人人为我"的生动活泼、和谐友爱的新局面。

三、关心核今昔

我写过一首诗，自称为"一代核人"。诗中写道，"我们这一代，在核工业两次创业中磨炼，在追求兴核强国中奋战，在'两弹一艇'事业中闪烁光彩。"我对核工业怀有深情厚谊。在这一年里，我以专家身份，参与了中核集团三本厚重的史书的编写和审核，分别是《中国核工业集团公司发展史（1955—2015年）》《核梦初心——我国核工业第一批厂矿故事集》《核梦璀璨——我国核工业第一批厂矿照片集》。我的认真，受到了同行的赞扬。比如《核梦璀璨——我国核工业第一批厂矿照片集》中原来有一幅毛主席会议照，题注是：1956年1月26日，毛泽东在最高国务会议上提出搞原子弹。我越看越起疑问，1955年1月15日中共中央书记处扩大会议已经做出了中国要发展原子能工业的战略决策，怎么过了一年才提出搞原子弹呢？但这幅照片又在权威书刊中出现过。为此，我四处查证，最后，通过查阅毛主席年谱，1月26日没有最高国务会议，毛主席给宋庆龄写信，25日确实有一次最高国务会议，但讨论的是农业问题，没有涉核议题。这样，照片最终从样书中撤了下来。

在这一年里，我还以专家和老政策研究者的身份参加了新中核发展战略研究，为年底中核集团制定的《集团公司新时代发展战略研究（2018—2050年）》出谋划策。

在2017年，我会同李鹰翔、钱福源同志向集团公司领导提出将《“我国第一条国产化高科技特种材料生产线”作为核工业首批“工业遗产”的建议》，2018年6月，喜获回应。经过国务院国资委的发布，包括上述提议在内的中核集团12个项目被认定为首批中央企业工业文化遗产。

四、根植下一代

家国情怀人人皆有，如今我也到了含饴弄孙的年纪。退休后接孙女放学的任务落到我身上，这既是一份责任，也是一份享乐——天伦之乐。除了来回走路，我还能做什么？在我看来，教授知识、培养技能是“开枝散叶”的事，这些不需要我操心，我应在根植品格这件“强基固本”的事情上下工夫，要把“爱国”“敬业”的核工业种子播种到她的身上。于是，我在陪读的蜗居里，“续写”了《中国核工业报》的“三里河茶座”栏目，给她讲“爷爷上清华”的故事。小孙女儿听得津津有味，她感慨地说：“爷爷脑门儿上刻着两个字——奋斗！”

孙女儿有一篇课文，是杨振宁写的《邓稼先》。有一天，她说学校要开座谈会，她先要采访我，给她讲讲邓稼先的故事。我准备了两天，找了十来张图片，一边讲故事一边展示。她饶有兴致地边听边看，欣喜得不得了、也崇拜得不得了。渐渐地，她对核产生了好奇心和求知欲，主动聆听了王乃彦院士的核科普讲座，带回来一本中国原子能出版社出版的《核天体物理》的小册子，“上面还有王乃彦爷爷给我的亲笔签名呢！”她像宝贝似地抱着小册子，又兴奋地向我展示。

五、尽责保健康

支撑我精力、活力的就是健康！人说“爱财如命”，好像命是最高层次，没有什么比生命更重要。但在现实生活中，很多人却不是这样做，随心所欲、放任自流，抑或是看似“身不由己”、不坚持健康作息的行为比比皆是。在我看来，只有身体是自己的，但又不完全是自己的。因为打造我们这样一个身体，家庭、社会不知要付出多少。比如我们常说，核电站操纵员是“黄金人”，那老一辈核工业人说不定可以算是“钻石人”了。我们享有了中国一流的教育资源和工作岗位，我觉得，如今，我还没有做多大的贡献，怎能再给家庭、社会添麻烦呢！

所以，我把保健康看做是一份责任，内生动力就更大了。现在，我每天早上去玉渊潭公园打太极拳，这拳是我当年在党校培训期间学的“二把刀”手艺，自得其乐也是一大幸事。我在玉渊潭里有一群“拳友”，这一打就是20多年。当年，我是拳友里的“小伙子”，如今更变成名副其实的“老伙计”了。此外，我还精心保护自己的牙齿、胃肠和骨骼，“身体是革命的本钱”，这些都是我自我实现、奉献社会的本钱。

欣慰的是，孩子们也都很孝顺。为了庆祝我的80岁大寿，他们陪着我去游览了夏威夷群岛。在那里，我登上了茂纳凯亚火山（Mauna Kea）山顶。这山海拔4070米，驱车而上，实际也是对我身体的一次新的检验，我可以特别骄傲地说：我还行！

在山顶上，兴之所至我还写了一首诗——

登夏岛茂纳山有感

云在山上走，车在空中飞。

八仙登茂纳，意在追高峰。

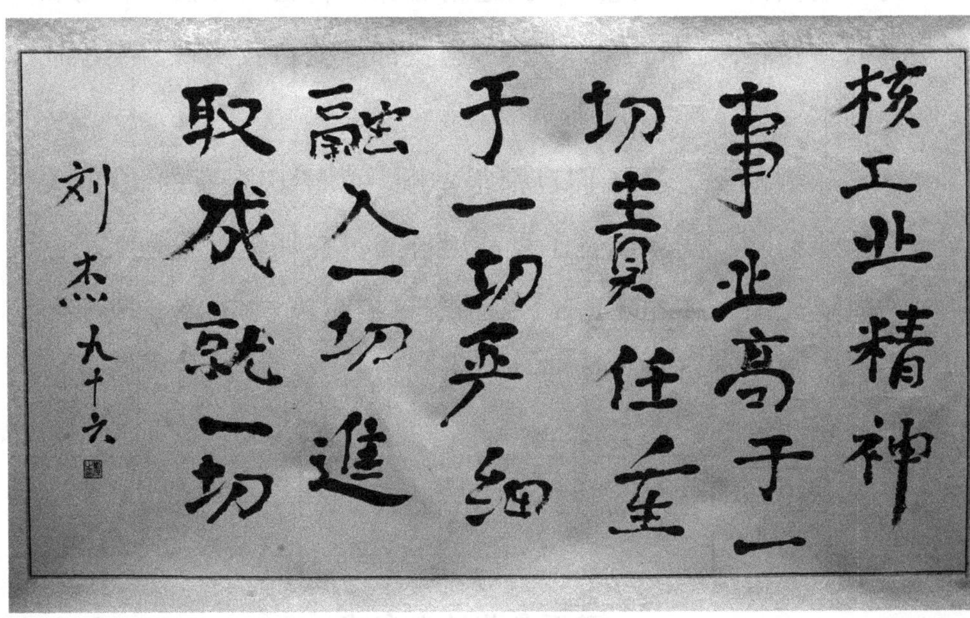
核工业精神
事业高于一
切責任重
于一切严细
融入一切進
取成就一切
刘杰 九十六

目　录

永不褪色的历史长卷

——我国核工业发展光辉历程

我国核工业创建于1955年，至今已走过半个多世纪的历程，可概括地表述为：

三年绘蓝图，四年打基础，首爆两年成，七年满堂红；

二次创新业，转民搞核电，燃料上台阶，再创新辉煌。

也可浓缩为：**“两弹一艇”十六载，发展核电惠民生。**

如果说我国核工业第一次创业的标志是“两弹一艇”的话，那么第二次创业的标志则可概括为“两个零的突破和一大发展”，即我国大陆核电零的突破、中国铀浓缩离心机零的突破和我国核工业企业化发展。

为了清晰、简明地描述核工业各个发展阶段的背景、业绩以及产业发展要点，本文分七个阶段八个方面（第六、七方面为一个阶段）来阐述核工业一个甲子的历史进程。

（一）核工业创建决策　体制体系确立（1955.1—1958.4）

在我国核工业诞生前，有两个重大核事件：一是1950年5月，中国科学院成立近代物理研究所（即现在的中国原子能科学研究院前身）；二是1954年10月，广西发现铀矿石。这两件事是中央决策创建我国核工业的前奏和前提。而近代物理研究所的成立也可以说是毛泽东主席酝酿发展中国核工业的第一步棋。

1950 年毛主席出访苏联，在签订中苏友好互助同盟条约期间，斯大林请毛主席观看了苏联核试验记录片。1950 年 2 月，毛主席在回国的列车上，同他的卫士长李银桥说，原子弹美国有了，苏联也有了，我们也要搞一点。三个月后，北京成立了近代物理研究所。

五十年代初期，使毛主席牵挂的可能是另外三件事。

一是在朝鲜战争期间，美国总统艾森豪威尔曾表示要使用原子武器。当时，原子弹已运抵日本冲绳美军基地，美国远程轰炸机可随时对中国和朝鲜发动核打击。

二是 1954 年赫鲁晓夫来华参加新中国建立 5 周年庆典，10 月 3 日，在中苏两国最高级会议上，赫鲁晓夫问："你们对我方还有什么要求？"毛主席答道："我们对原子能、核武器感兴趣。希望你们在这方面对我们有所帮助，使我们有所建树。"赫鲁晓夫说，"搞那个东西太费钱了。我们这个大家庭有了核保护伞就行了，无须大家都来搞它。我们的想法是，目前你们不必搞这些东西……"毛主席回答："也好，让我们考虑考虑再说。"

三是 1951 年 6 月，法国核科学家约里奥 · 居里夫人的中国学生杨承宗从法国回国，代约里奥 · 居里给毛泽东捎来了口信。约里奥 · 居里说，你回去转告毛泽东，你们要保卫世界和平，要反对原子弹，你们必须拥有自己的原子弹。

在这个背景下，1955年1月15日，毛主席主持召开了中央书记处扩大会议，作出了建立和发展我国原子能事业的战略决策。中国发展原子能建立核工业的历史从此开始。

会议的前一天，周恩来总理约见李四光、钱三强谈话，了解铀资源地质勘查和原子能科学研究情况，薄一波、刘杰也参加了这次谈话；当晚便给毛泽东主席写信建议召开中央书记处扩大会议。

会议当天，中南海内丰泽园菊香书屋迎来了中国共产党的高层领导人：毛泽东、刘少奇、周恩来、邓小平、彭真、李富春、薄一波。之后来到的是李四光、刘杰、钱三强。

会议由毛泽东亲自主持，先由李四光介绍了铀矿资源与发展原子能事业的密切关系，分析了中国有利于铀矿成矿的地质条件，并对中国的铀矿资源作了预测。李四光讲完，周总理又让把从广西钟山带回来的铀矿石标本拿出来，让刘杰打开盖革计数器探测铀矿石。当铀放射线通过检测发出“嘎嘎”的响声时，与会领导都十分兴奋。

1955年1月15日，毛主席在中南海主持召开中共中央书记处扩大会议，这是一次绝密会议，没有文字记录，也没有拍摄照片。目前唯一可资佐证的是1955年1月14日，周恩来总理在约见李四光、钱三强谈话后写给毛主席的报告。

图为报告手迹。

【报告全文】

主席：今日下午已约李四光、钱三强两位谈过，一波、刘杰两同志参加。时间谈得较长，李四光因治牙痛先走，故今晚不可能续谈。现将有关文件送上请先阅。最好能在明（十五）日下午三时后约李四光、钱三强一谈，除书记处外，彭、彭、邓、富春、一波、刘杰均可参加。下午三时前，李四光午睡。晚间，李四光身体支持不了。请主席明日起床后通知我，我可先一小时来汇报下今日所谈，以便节省一些时间。

明日下午谈时，他们可带仪器来，便于说明。

周恩来

1955年1月14日晚

接着，钱三强讲了美、苏、英、法等国开发原子能的概况和中国的现状和设想，也谈到希望得到苏联的支持，与会的领导们也提出了许多问题，李四光和钱三强都一一作了解答，会议气氛十分热烈，一直开到晚上七点多，大家都对发展原子能事业表示出极大的热情和关注。最后，毛主席说：“我们的国家现在已经知道有铀矿，进一步勘探一定会找出更多的铀矿来。解放以来，我们科学研究也有一定的基础，创造了一定的条件。过去几年其他事情太多，我们还来不及抓这件事。这件事总是要抓的，现在到时候了，该抓了，只要排上日程，认真抓一下，一定可以搞起来。”“我们只要有人，有资源，什么奇迹都可以创造出来。”

会议后不久，1955 年 4 月 20 日，中苏签订和平利用原子能协议，帮助中国建造“一堆一器”（即建造功率为 7000 千瓦的实验性原子反应堆和 1250 万电子伏特的回旋加速器）。

1955 年 5 月 1 日，各大报纸刊发了这一消息。5 月 11 日，《北京日报》发表时事述评，题目是《为和平利用原子能而斗争》。

从 1955 年 1 月到 1958 年 4 月这三年时间里，主要解决组织领导体制和原子能工业及科研体系，制定了我国核工业建设的蓝图。为此，中央指定陈云、聂荣臻、薄一波组成三人小组，负责指导原子能事业的发展，具体业务由国务院三办负责。1955 年 9 月，在薄一波主持下，起草了《关于我国制定原子能事业计划的一些意见》，同年 12 月，进一步修订成《关于一九五六年至一九六七年发展原子能事业计划大纲》，该大纲是核工业发展最早的蓝图，提出了创建我国核工业的设想，确定了我国将以最近代的科学技术，发展国民经济，巩固国防。与此同时，我们积极争取苏联的援助，合作的内容和范围逐步扩大。随着中苏合作的进展，相应机构应运而生：

1955 年 1 月，中苏签订了合营勘探铀矿协定，4 月，国务院三办组建铀矿地质局；

1955 年 4 月，中苏签订了发展原子核物理研究协定，7 月，国务院三办组建建筑技术局；

1956 年 8 月，中苏签订了原子能工业协定，11 月，国务院成立了三机部；

1957 年 10 月，中苏签订了国防新技术协定，1958 年 2 月，国务院决定将三机部改为二机部。

这样，经过三年的筹划，组织领导体制由中央三人小组、国务院三办专业局确定为国家工业部体制。中苏签订四大协定，解决了铀资源勘探、核科学研究、核燃料生产、核武器研制四大体系的建设，规划了整个核工业建设与发展的蓝图，即由中央直接领导、国家工业部统一组织，建立一个独立的、完整的核工业体系。

在规划体制、体系的同时，中央着手组建一支兵精将强的核工业队伍。当时采取了三大措施：一是 1955 年，中央决定成立由刘杰、钱三强、蒋南翔（时任清华大学校长）、江隆基（时任北京大学校长）等 8 人组成的原子能干部培养

宋任穷为钱三强铜像揭幕

工作领导小组。1955 年到 1958 年，从高等院校相近专业中，先后选调几百名高年级的学生，分别集中在北京大学、清华大学及兰州大学，学习原子能知识，抽调部分优秀教师进修原子能专业，培养师资力量，并在北大、清华筹建原子能系；二是经国务院批准，由蒋南翔、钱三强负责，在苏联、东欧的中国留学生中，选拔专业相近的学生改学原子能专业；三是1956年4月，中共中央发出《关于抽调干部和工人参加原子能工作的通知》，决定从全国15个省市、37个部门抽调精兵强将组建核工业队伍。

（二）五厂三矿定点 建设全面铺开（1958.5—1962.9）

核工业发展历程的第二个阶段是从1958年5月五厂三矿定点，到1962年9月爆炸我国第一颗原子弹规划设想的提出。这一阶段主要是全面建设核工业生产、科研体系，以及战胜由于苏联专家撤走和国民经济困难所带来的两大难关，发奋图强确定“三、五、八”目标。

1958年5月31日，中共中央批准二机部上报的“五厂三矿”选点方案。“五厂三矿”即核燃料、核武器的核心单位。五厂是：衡阳铀水冶厂、包头核燃料元件厂、兰州铀浓缩厂、酒泉原子能联合企业、西北核武器研制基地；三矿是：湖南郴县铀矿、衡阳大浦铀矿、江西上饶铀矿。随后，以此为骨干的核工业30个项目全面开工。这样，高浓铀、钚、氚、锂–6（四大核材料产品）的生产和核武器研制基地及配套工程逐渐开工建设。

所以，1959 年是核工业建设大发展的一年。正在这个关键时刻，遇到了苏联撤走专家和国内经济困难的双重危难。

1959 年 6 月 20 日，苏共中央致信中共中央（“596”后来用作首颗原子弹代号）。信的大意是：由于苏、美、英三国正在日内瓦谈判禁止核试验协议和苏美两国政府首脑会议即将召开，苏联提出暂缓按协定向中国提供原子弹教学模型和图纸资料。两年后看形势再说。结果，没有等到两年，1960 年 7 月 16 日，苏联政府照会中国政府，决定自 1960 年 7 月 28 日至 9 月 1 日，撤走全部在华专家。

实际上，到 1960 年 8 月 23 日，当时在中国核工业系统工作的 233 名苏联专家就已全部撤走，迫使我们必须自力更生过技术关。

正在这个时候，1960 年又遇上国内经济困难，真是雪上加霜，中国核工业面临又一次巨大考验。

当时，位于大戈壁滩上的孤岛——酒泉原子能联合企业只有三天存粮。广大职工顶着风沙刨草根，采集骆驼草籽充饥。发不出粮食，就发子弹到祁连山上打猎，进行生产自救。兰州铀浓缩厂有三分之二的职工得了浮肿病，1000 多人住院。青海西北核武器研制基地职工吃的是谷子面、青稞面，每人每月两钱油，副食是咸菜和大白菜汤。住的是帐篷和地窝子。刚建起几栋楼房，基地领导李觉、赵敬璞带头住帐篷、窑洞，腾出楼房给科技人员住。党中央十分重视这个问题，采取多种措施帮助解决困难。粮食部一次就拨给二机部西北三个厂（兰州铀浓缩厂、酒泉原子能联合企业、青海西北核武器研制基地）几百万斤黄豆；青海省给核武器研制基地调拨 4 万只羊；商业部、总后勤部在兰州设立了二级批发站。加强西北地区核工业部门和特种部队的生活后勤供应。核工业享受了得天独厚的关怀。

面临如此严重情况，为了摸清核工业各条战线存在的问题，二机部党组提出要“摸清底细，站稳脚根”。由部局领导率领工作组，组织近 500 人到基层蹲点，调查研究，解决问题。在大家的共同努力下，很快掌握了工作的主动权，并在 1959 年 12 月制定出原子能事业八年规划纲要，提出“三年突破，五年掌握，八年适当储备”的奋斗目标。

要实现这样一个宏伟的目标，必须依靠全国协作。因为核工业的建设和发展是一个国家技术经济实力的反映，它是建立在全国的技术经济基础之上的尖端科技工业。1961 年 5 月 8 日，二机部向中央呈送了《关于当前若干问题的请示报告》，详细汇报了核工业建设工作的情况和问题，提出了建议和请求。中共中央对报告进行了认真的研究，于同年 7 月 16 日作出《关于加强原子能工业建设若干问题的决定》，指出要自力更生突破原子弹技术，加速我国原子能工业建设，决定进一步缩短战线，集中力量，加强各有关方面对原子能工业建设的支援，尽快把第一颗原子弹搞出来。为此，中央采取四项措施：一是加强核工业的技术力量和领导力量；二是加强核工业所需设备、仪表的生产、试制和配套；三是加强工业卫生和防护医疗；四是将核工业系统的物资运输一律列为军运。

经过两年艰苦工作，到 1962 年下半年，原子弹研制的两大核心问题——核装料即高浓铀生产，以及原子弹的设计与关键技术的掌握，都有很大进展，为制定首次核爆炸规划奠定了基础。

（三）两年规划制定　首次核爆成功（1962.10—1964.10）

核工业发展历程的第三阶段，即制定和实施原子弹首爆的两年规划阶段，做到了“保响、保测、保安全，一次成功”。

1962 年国内经济开始好转，中央领导十分关心原子弹的研制工作。在 1962 年 8 月召开的北戴河中央工作会议期间，中央领导热切地希望能够早日拿出原子弹来增强我国的军事力量、提高国际政治地位。会后，二机部领导分析了工作形势，根据各项工作进展情况，认为我国核工业建设和核武器研制已到了量变到质变的关键时刻，提出争取在1964年，最迟在1965年上半年爆炸我国第一颗原子弹的规划设想，即《关于自力更生建设原子能工业情况的报告》，于1962年9月11日报中央。10月19日，政治局常委听取了汇报，并提出成立中央专委。10月30日，罗瑞卿向毛主席作了报告。11月3日，毛主席批示："很好，照办。要大力协同做好这件工作。"11月17日，中央专门委员会召开第一次会议。中央专委由周恩来总理任主任，七位副总理、七位部长组成。七位副总理是：贺龙、李富春、李先念、薄一波、陆定一、聂荣臻、罗瑞卿；七位部长是：赵尔陆、张爱萍、王鹤寿、刘杰、孙志远、段君毅、高扬。中央专委是权力机构，从成立到第一颗原子弹爆炸成功，共召开了9次会议，讨论解决了100多个重大问题。

二机部的报告无异于向中央立下了军令状，而毛主席的批示如同一道总动员令，动员全党、全军、全国人民齐心协力，为实现1964年爆炸我国第一颗原子弹而努力奋斗。

1962年11月，在二机部部长刘杰的直接主持下，经过两个多月的努力，对研制原子弹的多个环节进行了倒排进度目标、顺排落实措施，前后衔接，综合平衡，以二机部党组名义正式向中央专委呈报了《1963年、1964年原子武器、工业建设、生产计划大纲》，简称"两年规划"。

二机部部长刘杰

规划批准后，二机部对原子弹研制、核工业建设和核燃料生产等多项任务做了全面部署，全员动员，雷厉风行地执行实施并贯彻落实各项措施。笔者当时正在兰州铀浓缩厂工作，亲眼目睹了工厂车间干得热火朝天和日新月异的场面。

当时重点抓的是两大项工作：一是铀线建设，包括兰州铀浓缩厂和酒泉原子能联合企业的一分厂、四分厂；二是原子弹的设计和爆轰试验。

各项工作都按计划进行或提前完成，情况比预期的要好。

1963 年 3 月，完成了第一颗原子弹理论设计方案。

1963 年 11 月 29 日，拿出第一批六氟化铀产品。

1963 年 12 月 24 日，1 ∶ 2 模拟装置聚合爆轰产生中子试验成功，实际上是一次未放核材料的原子弹爆炸，也可称作冷试验成功。

1964 年 1 月 14 日，铀浓缩厂取得高浓铀产品。

1964 年 1 月 18 日，毛主席在铀浓缩厂投产的报告上批示："很好！"

1964 年 2 月 10 日，周总理专门为拿出高浓铀产品和完成爆轰试验作了批示：请转告刘杰同志，庆贺他们提前完成关键性生产和解决了关键性的技术试验。仍望他们积极谨慎、坚持不懈地继续完成今后各项任务。

张蕴钰、张爱萍、朱光亚、刘西尧、李觉、吴际霖（从右至左）等在现场庆贺首次核试验成功

1964 年初，解决了核部件铸造中消除气孔的问题。

1964 年 5 月 1 日，原子弹核心部件加工合格。

1964年6月6日，1∶1模拟装置聚合爆轰产生中子试验成功。

王淦昌（左1）、彭桓武（左2）、郭永怀（左3）、邓稼先（右2）在核试验场区考察

这时离核试验已越来越近了！北京与马兰核试验基地联系采用暗语密码：原子弹的暗语为“老邱”（“球”的谐音）；原子弹插火工品（雷管）暗语为“梳辫子”；原子弹吊到塔架工作台暗语为“住上房”；原子弹点火时间暗语为“零点”。

1964年10月15日19时20分，“老邱住上房”。

1964年10月16日8时，开始“梳辫子”（36组雷管插了3个半小时）。核试验现场总指挥张爱萍电告北京：老邱住上房，8点梳辫子。

1964年10月16日15时，“零点”，中国第一颗原子弹爆炸成功，蘑菇云在罗布泊腾空而起。从这一刻起，中国成为世界上第五个核大国。

当天，消息传到北京，毛主席让周恩来经过反复确认，证明真的是原子弹爆炸。傍晚，在同毛泽东、刘少奇、朱德等领导人在人民大会堂接见音乐舞蹈史诗《东方红》演职人员时，周总理兴奋地宣布："今日北京时间15时，我国第一颗原子弹爆炸成功了！"同时他叮嘱演员们：你们可以鼓掌，可以开心，但是不要把地板踏坏了。

消息传开，世界为之震惊。当消息传到美国时，美国总统约翰逊正在戴维营同家人一起度周末。国务卿腊斯克、国防部长麦克纳马拉和中央情报局局长麦康三人专程乘直升飞机赶赴戴维营，向约翰逊报告这一消息。腊斯克急促地说："总统先生，非常抱歉，我们不得不报告您，红色中国今天爆炸了一颗原子弹。"约翰逊似乎不大相信地问他的情报局长："情报可靠吗？"当得知情报千真万确时，约翰逊说："哦！上帝，今天对自由世界来说，真是一个不幸的日子。"当晚他便匆匆赶回了华盛顿，并立即在电视上发表了讲话，他声音低沉地对美国民众说："我现在告诉美利坚合众国全体公民一件不必大惊小怪的事情，根据我们自己的侦察系统侦察，证明在东部夏令时间下午3时左右，在中国西部进行了一次低爆炸力的核试验……不应该过多地估计这次爆炸的军事意义……"

几天后，当美机高空取样收集到的放射性微尘被送到美国原子能委员会化验时，专家们大吃一惊，他们发现中国爆炸的原子弹是向心爆炸，使用的是铀-235裂变材料，而不是钚-239。这意味着中国的核武器技术是先进的。当国防部部长将这个结果告知约翰逊时，约翰逊也深感震惊，说“不应该把这件事等闲视之。”

（四）突破氢弹技术　核潜艇下水（1964.11—1971.9）

1965年1月，毛泽东主席在听取国家计委关于长远计划汇报后指出：“原子弹要有，氢弹也要快。”此前，1958年6月，毛泽东在中央军委扩大会议上的讲话还说过：“搞一点原子弹、氢弹、洲际导弹，我看有十年功夫完全可能。”于是，一个攻克氢弹研制技术的任务，就摆在科研人员的面前。

根据首次核爆成功的新形势，这一阶段的主攻方向是抓三件事：①因为首次核爆是塔爆，因此，必须加快武器化进程；②因为有了原子弹，有了热核材料（氘化锂）等物质基础，应尽快突破氢弹技术；③因为有了高浓铀，把加快核潜艇研制提到日程上来。

1965年2月3日，二机部向中央专委呈报了《关于加快发展核武器问题的报告》。报告中提出，要加快原子弹武器化，向战略核武器的高级阶段发展。按此目标推进，我国于 1965 年 5 月 14 日原子弹空爆成功；1966 年 10 月 27 日，在本土进行导弹核武器试验成功。这是一次惊心动魄的试验，说明我们“两弹技术”的可靠性很有把握（核弹的当量是 2 万吨 TNT）；1967 年 6 月 17 日，第一颗氢弹爆炸成功。从第一颗原子弹爆炸到第一颗氢弹爆炸，美国用了 7 年零 3 个月，苏联用了 6 年零 3 个月，英国用了 4 年零 7 个月，法国用了 8 年零 6 个月，而我国只用了 2 年零 8 个月，以最快的速度完成了从原子弹到氢弹的跨越。这在世界上引起了巨大反响，公认中国核技术进入世界先进国家行列。

氢弹是由原子弹引爆的热核聚变反应，因此，氢弹的研制在理论和制造技术上都比原子弹研制的难度更大，加上国外严加保密，必须完全自主研究探索。我们为什么能以这样快的速度，赶在法国之前研制出氢弹呢？“两弹一星”功勋奖章获得者、原二机部副部长钱三强在与法国友人谈话时，作了精辟的回答：“主要是我们在研制原子弹的时候，提前进行了氢弹理论的预研和热核材料的生产。”

接下来的任务是要拿下核潜艇。早在 1957 年 10 月，中苏进行国防新技术协定谈判时，苏联就拒绝向中国提供核潜艇的任何资料。所以，从 1958 年开始，海军和二机部分别设立专门机构，组织科技人员研究这一尖端技术。1960 年 6

月完成了方案设计的第一稿。1965年二机部提出潜艇核动力堆设计改进方案上报中央专委。1965年3月24日，中央专委召开第11次会议，批准了设计方案，并要求二机部在1970年建成核潜艇陆上模式堆。

“文化大革命”期间，1968年7月18日，毛主席又指示部队支援陆上模式堆建设。1970年4月28日，我国自行设计的核潜艇陆上模式堆建成；7月17日，开始提升功率；8月30日达满功率。周总理在提升功率前一天（即7月16日）听取了提升功率准备情况的汇报，指出：“要充分准备，一丝不苟，万无一失，一次成功。对启动运行试验中的安全环节都要认真研究，二机部要吸收本部门以外的一些专家来挑毛病。”他还强调指出：“这次试验是我们开发利用核动力的起点，也是奠定发展核电的基础。”可见中央对国家核电发展的战略眼光。

1971年9月，我国第一艘核潜艇下水。这样，“两弹一艇”全面研制成功。从1955年算起，到“两弹一艇”研制成功，总共用了16年时间。这一伟大成就的取得，中央的直接领导、正确决策、亲切关怀是根本的保证；核工业人的艰苦奋斗作出了卓越的贡献；全国大力协同为工程的突破创造了有利条件。全国先后有26个部委、20个省市，包括1000多家工厂、科研机构、大专院校等积极参加了攻关与协作。

（五）加速建设钚线　加快“三线”建设（1964.12—1978）

如果说第四阶段是从战略核武器体系上来强化我国核力量的话，那么，第五阶段则是从核工业的完整性和安全性方面来强化我国核力量。

首次核试验成功后，铀线已全面建成，但钚线尚在建设中，还构不成完整的核燃料体系，亟需加速建设。同时，由于我国核试验成功，引起美国、苏联、台湾当局三方面的关注与仇视。1963 年 3 月、9 月，1964 年 7 月，台湾当局出动 U2 飞机多次侦察大西北。1964 年 8 月，美国根据卫星图片的信息，国务卿腊斯克声明：中共要爆炸原子弹；9 月 15 日，美苏外长腊斯克与多勃雷宁商谈对策，国外也有人公开叫嚣，要对中国核工厂施行“绝育手术”。为此，解放军工程兵对兰州铀浓缩厂等重要核基地实施了全面伪装工程。为了防止美苏突然袭击，亟需调整核工业的战略布局。鉴于这些背景，加速建设钚线，加快“三线”建设成为 1964 年首爆以后的一项紧迫任务。

1964 年 12 月，二机部下达《加速建设钚 –239 生产线工作大纲》。钚生产线主要包括军用生产堆，从燃烧过的铀棒经过后处理，提炼出钚 –239。军用生产堆于 1960 年 3 月开始动工建设，后来因为两方面原因而停工：一方面是苏联专家撤走；另一方面是集中力量保铀线。1962 年重新开工。经过四年努力，1966 年 10 月建成，1967 年正式投入运行。苏联原来提供的后处理初步设计是沉淀法流程，1964 年 5 月，二机部决定采用清华大学和二机部有关单位自行研究的萃取法工艺。后处理中试厂于 1968 年 9 月建成投产，大型后处理厂于 1970 年 4 月建成。

核工业“三线”建设从 1964 年 3 月开始酝酿，10 月 7 日，二机部发出《调整战略布局，突击建设三线新基地的行动大纲》。1965 年 11 月 2 日，邓小平、李富春、薄一波等中央领导听取了二机部的“三线”选厂工作汇报，并察看了新厂址。1966 年 1 月，中央专委正式批准几个重要基地，如八一六厂在四川涪陵。

三线二套核基地建设有如下几个特点：

①建设速度快。

②从原料到设备全部国产化，如铀浓缩厂，核心部件分离膜 4 年研制成功，扩散机 6 年国产化。在这方面，中国科学院和冶金部相关研究所作出了重大的贡献。

1975 年 10 月，我国进行的第 17 次核试验（地下核试验）由二套核武器基地研制，说明二套从核燃料、核材料到核武器的整个体系已全面建成。

（六）保军转民　发展核电（1979—2005）

这一阶段是核工业保军转民第二次创业的新的开端，是核工业发展历程中一次较大的战略转移。

1978 年 12 月，中央召开了党的十一届三中全会，提出把全党工作重点转移到社会主义现代化建设上来。随着全国工作重点的转移，我国核工业建设也进行了重大调整，从过去主要为军服务，改为军民结合，保军转民，重点为国民经济和人民生活服务。

1979 年 4 月，二机部工作会议上提出，要积极发展核电和推广同位素与其他核技术应用，积极承担民用产品、民用工程以及出口产品的生产。经过两年实践，1981 年 3 月，中央同意核工业转民方针，即“原子能工业逐步转到为国民经济服务的方针”，并在 1982 年国务院机构改革时，将二机部改名为核工业部。

在这一阶段，在保军上完成了几件大事，如中子弹研制成功、核武器小型化等。

在完成第 45 次核试验后，中国政府宣布 1996 年 7 月 30 日后，中国暂停核试验。

在转民上，开发了多种民用产品，度过了核工业低谷时期，并在核电、核燃料发展上有了新的突破。

这一阶段，在核电建设上的主要成绩是：

1. 秦山核电站实现了大陆核电零的突破和大亚湾核电站成功发电

李鹏总理赞扬说：我国核电起步是好的。吴邦国、邹家华副总理对秦山核电站给予高度评价并分别题词。吴邦国的题词是："中国核电从这里起步"，邹家华的题词是："国之光荣"。

秦山核电承载了我国民族核电发展的重任，从提出设想、论证、设计、建造、调试到并网发电，经历了一个漫长而曲折的过程。1981 年 11 月，国务院批准核工业部 30 万千瓦核电站建设项目；1982 年 12 月，明确厂址在浙江省海盐县秦山；1985 年 3 月 20 日，工程正式开工；1991 年 12 月 15 日，首次并网发电。

1991 年 7 月 30 日国务院核电领导小组听取秦山核电站首次装料汇报

秦山核电站作为我国核电事业的开拓者、先行者，经过30多年来的自主创新、探索实践、持续改进和安全发展，已成功实现了从原型堆到商业堆、从30万千瓦到100万千瓦、从国内走向国际的重大跨越，逐步掌握了核电领域的多项关键技术，积累了自主设计、建造、运营、管理核电站的经验，还为国内核电站输送了约2000名各类核电管理和技术人才，其中担任核电站副总经理以上的高管有30多人。首批35名操纵员，目前大部分都成为国内核电事业领军人物，有力地促进了我国核电事业的发展。

2."九五"规划期间8台机组成功建成，实现核电小批量过渡

浙江秦山二期核电站：1996年6月开工，2002年4月首堆商运；

广东岭澳核电站：1997年5月开工，2002年5月首堆商运；

浙江秦山三期核电站：1998年6月开工，2002年12月首堆商运；

江苏田湾核电站：1999年10月开工，2007年5月首堆商运。

吴邦国副总理曾指出："九五"期间要建造八个堆，你们一定要精心组织好。这几个堆以及巴基斯坦核电站建设的

好坏，直接关系到我国核电今后的发展。

与此同时，核燃料循环产业对核电发展的保障能力也全面提升。国内铀地质勘查年度工作量增加了22倍，新增储量不断增长，发现了多个大型铀资源基地。铀浓缩生产实现了从扩散法向离心法的跨越。核燃料元件生产实现了标准化、系列化和国产化。

在这一阶段里，同位素、核技术应用以及核科学研究均有长足的发展。同位素及其制品、辐照加工、核仪器设备在工业、农业、医学、环保等诸多领域，形成了一个新兴的产业群体。中国环流器二号A（HL-2A）装置获得高约束模式（H模）等离子体等多项科研成果，为我国下一步聚变堆研究奠定了技术基础。

重视和加强企业文化建设，是这一发展阶段又一显著的特色。

核工业企业文化是继承与创新的结合。半个世纪来，我国核工业在创业征途中，既创造了举世瞩目的业绩，也孕育形成了“两弹一星”精神和“事业高于一切，责任重于一切，严细融入一切，进取成就一切”的核工业精神。这种精神贯穿于整个核工业的发展历程，激励着一代代核工业人献身核工业发展，是核工业永恒的精神财富，也是核工业持续发展的强大动力。在这一阶段，无论是企业精神文化、制度文化还是核安全文化和形象文化都得到全面提升。

这一阶段在管理体制上有两次大的变化。

第一次是 1988 年 9 月 16 日，经国务院批准，核工业部改为中国核工业总公司。总公司实际上是行政性公司，明确兼有政府职能，正部级。

第二次是 1999 年 7 月 1 日，在中国核工业总公司基础上，一分为二，改组成立中国核工业集团公司（简称中核集团）、中国核工业建设集团公司（简称中核建设集团），实行政企分开（政府职能交国防科工委），走企业化道路。

核工业管理体制由政府转变为企业后，最大的变化是经营理念和经营方式的转变：强化了成本意识、效益意识，始终将经济效益放在突出位置；强化了自主创新、自主发展意识，抓住发展中的关键环节，集中全力快速提升集团公司核心竞争实力和综合实力。集团公司按照中央关于军工企业调整改革的部署，进行大幅度的产业结构调整改革。通过产业发展、改革调整、主辅分离、属地化改革，盘活了资产，实现了 8 万余名职工进城定居、2 万余名家属工参保、5000 余名老工伤人员纳入地方统筹管理、3.2 万余名离退休人员纳入医疗保险管理。经过坚持不懈的努力，2003 年扭转了核工业 13 年来的亏损局面。职工由最高峰时的约 30 万人精简到 13 万人（中核集团 10 万人，中核建设集团 3 万人）。两大集团主营业务收入和利润持续增长，连续多年获得国资委年度业绩考核好评。企事业单位科技、经济实力跨上了新台阶。

（七）走出国门找市场　引进技术搞合作（1979—2005）

核工业第二次创业面临国家改革开放大背景，为核工业发展带来难得的机遇。我国核工业对外窗口——中国原子能公司于 1980 年 2 月成立。中国核工业先后与 40 多个国家和地区建立了科技交流和经贸合作关系，在核电、核燃料体系和核技术应用方面开展了广泛的国际合作。参加了国际原子能机构（IAEA）、世界核电运营者协会（WANO）的各项国际活动。1978 年 12 月，邓小平（当时任副总理）在中法两国政府签订一项合作协定前，表达了中国向法国购买两座核电站设备的意向。这为我国核工业从封闭走向开放打响了第一炮。

开拓国外和平利用核能市场，引进先进核工业技术与管理，是这一阶段的两项重要任务。

在研究反应堆和核电站出口方面主要有 871 工程和恰希玛工程。871 工程即为阿尔及利亚建造 15 兆瓦研究堆为主体的核研究中心；恰希玛工程即为巴基斯坦建造 30 万千瓦核电站。

1983 年 2 月，中阿签订《核能合作议定书》，中方为阿尔及利亚设计建造重水研究堆。阿尔及利亚在外交上是我们的老朋友，但也是当时美国的眼中钉。因此，中阿“核”合作在国际上十分敏感。后来国务院领导好心劝我们“这个烫手的钱不要去赚了”。核工业当时国内除了同位素应用，几乎没有核市场。为了走出转民低谷，凭着“死马当做活马医”的精神，拿下了这个项目。1987 年 1 月正式签订合同，创下了当时出口项目的两个全国第一，即高技术大型成套设备和技术出口全国第一，单项技术出口合同金额全国第一。1993 年工程建成验收，被誉为“南南合作的典范”。

我国与巴基斯坦关系一直很好。1991 年 12 月 15 日，秦山核电站并网发电后，巴基斯坦希望帮助建设 30 万千瓦核电站。但 1992 年中国拟加入“NPT”条约（不扩散核武器条约），这样会对核合作带来麻烦。为此，两国赶在 1991 年底签订了合同。对此，外界有一种反映说，中核总胆子雄心真大，运行半个月就出口，万一不成怎么交待呀？这其实是出于一是不了解国际核活动的内情；二是 30 万千瓦核电是成熟的技术，我们还是有把握的。当然，一定的风险也是存在的。最终，该工程顺利地于 2000 年 7 月建成发电，使我国成为第 8 个成套出口核电站的国家，并在 2004 年 5 月赢得了第二个 30 万千瓦核电站出口合同。

第二次创业中，在产业技术上的进步，与引进先进技术、引进先进设备密切相关。

铀矿冶炼由单一采用湿法冶金过渡到大部分采用地浸堆浸技术。1999 年 6 月第一个地浸基地在新疆开工建设。该项目广泛吸收了国外地浸采铀的先进技术，在技术上做了大的改进，采用了新工艺、新设备、新材料，自动化程度高，自动监测系统较完备。新工程于 2000 年 12 月投产，为降低成本和低品位铀矿的开采作出了贡献。

铀浓缩采用了离心分离的新方法。

核电技术升级，由原来的二代原型堆向二代加、三代发展。在 M310 基础上，改进为 CPR1000；ACP1000 也进入工程设计阶段；世界第一座 AP1000 核电站启动建设。

（八）核电规模发展　核工业发展进入新阶段（2006 年至今）

这一阶段的特点是：国家能源发展方针调整，核电由适度发展调整为积极发展，迎来了规模发展的新阶段。核工业将更加注意安全、高效与创新。

过去电力工业发展方针是：大力发展火电，积极发展水电，适当发展核电，核电是电力的补充。

2005 年 10 月召开的党的十六届五中全会，提出了

《“十一五”规划的建议》，明确电力发展方针为：优化发展煤电，有序开发水电，积极发展核电。

1. 国家核电中长期规划的制定

2006年，我国进入“十一五”规划期间，2006年3月22日，国务院通过了《核电中长期发展规划（2005—2020年）》，第二年10月，国务院批准了这一规划，这是我国核电从起步、示范进入批量、规模发展的转折。核电体制也由原核工业部、集团公司抓总、主管、统一归口，转向多业主、多供应商、多元化开发建设和管理。

2012年10月，国务院再次讨论并通过《核电安全规划（2011—2020年）》和《核电中长期发展规划（2011—2020年）》。

2014年3月24日，习近平主席在海牙核安全峰会上，首次提出以“发展和安全并重、权利和义务并重、自主和协作并重、治标和治本并重”为主要内容的中国核安全观。在2015年初，我国核工业创建60周年之际，习近平总书记又作出重要批示：“核工业是高科技战略产业，是国家安全重要基石。要坚持安全发展、创新发展，坚持和平利用核能，全面提升核工业的核心竞争力。”

紧接着，李克强总理主持召开国务院常务会议，决定核准建设“华龙一号”三代核电技术示范机组。要求通过实施示范工程，形成拥有自主知识产权的关键装备与核心技术，为核电装备走出去开展第三方合作创造有利条件。2015 年 6 月 15 日，李克强总理又考察了中国核电工程公司，详细了解“华龙一号”，称赞“华龙一号”是中国装备的代表，表示：“你们为我撑腰，我为你们扬名。”

2. 核电建设呈现可喜景象

一大批核电新项目开始建设，包括秦山二期扩建、红沿河核电站、宁德核电站、福清核电站、阳江核电站、秦山方家山核电站、三门核电站、海阳核电站、台山核电站、昌江核电站、防城港核电站、石岛湾核电站等。截至 2019 年 4 月，我国大陆运行核电机组 45 台，装机容量 4590 万千瓦，在建核电机组 11 台，装机容量 1218 万千瓦。2018 年核电发电量 2865 亿千瓦时，占全国发电量 4.2%。

特别是“华龙一号”示范工程——福清核电 5 号机组于 2015 年 5 月 7 日正式开工，标志着中国自主三代核电技术走向工程建设的新阶段。“华龙一号”落地建设，证明中国核工业人只要坚持自主创新，坚持博采众长，坚持发挥人才和系统优势，就一定能够站在世界核电领域的前沿。

2015 年 6 月 10 日，中国核能电力股份有限公司（简称“中国核电”）在上交所挂牌上市。这是“中国核电”借助资本市场谋求发展的重要一步，必将进一步提升“中国核电”

的社会知名度和品牌影响力。

3. 人才强企和科技创新取得丰硕成果

在核电新体制格局下，要赢得核电发展的主动权，制高点，必须安全高效发展，必须增强创新发展的能力和实力。为此，集团公司加强了核科技支撑体系和能力建设，革新技术与管理体系。加快高层次专业人才的培养，一个由总工程师、总设计师、首席专家、科技带头人、首席技师、技术能手组成的技术方队正在发展壮大。

这一阶段突出的工程和科研成果是铀浓缩离心机研制成功、实验快堆和后处理中试厂建成。“龙腾计划”全面推进。铀浓缩离心机具有高稳定转速、高真空气密性、长寿命不需维修性等特点，其研制涉及机械、电气、力学、材料学、高马赫数气体动力学等多种学科的理论和技术领域，技术难度很大。所以，铀浓缩离心机技术实现自主化和工业化应用，是我国核事业的一项重大突破。

4. 经营理念与管理水平有了进一步的提升

集团公司上下秉持“开放、包容、合作、共赢”的发展理念和“集团运作、专业经营，科技兴核、人才强企，精益管理、双资推进”的经营方针，有效地强化了市场观念、营销观念、资本运作观念、精益管理观念。扎实推进集团公司现代企业制度的建设，加快建立董事会授权体系，公司治理效能不断提升。

总之，在这一阶段，集团公司八大产业，从核动力、核电、核燃料、天然铀、核环保工程、核技术应用、核产业服务到新能源，都有了长足的发展。核工业步入了又好又快安全发展的新阶段。

纵观核工业发展历程，可以总结出四条最基本的经验：坚持党的正确领导是核工业战胜困难、应对挑战的根本保证；坚持自主创新是核工业发展的灵魂和持续发展的根本所在；坚持“四个一切”是核工业发展特有的动力源泉；坚持调整改革是新时期核工业发展的正确方向。

总而言之，关于我国核工业发展历程可用十句话进行简要归纳。

三年绘蓝图：在我国核工业创建的头三年里，把核事业发展的工业体系、组织领导体制、建设的方略和思路、以及对外合作等总体框架和蓝图勾画出来。

四年打基础：集中力量建设核燃料、核武器的骨干工厂、基地和配套设施，为研制“两弹一艇”奠定了物质基础。

首爆两年成：国家制定第一颗原子弹爆炸的两年规划，顺利实施并取得巨大成功。

七年满堂红：首次核爆后，在七年时间里，完成了我国原子弹的武器化、第一颗氢弹的研制、核潜艇下水、军用生产堆及后处理钚生产线建成，以及新的核燃料、核武器厂（院）建成，形成了完整的核燃料循环体系和核武器研制系统。

二次创新业：随着党的工作重点转移到经济建设上来，我国核工业进行了重大的战略调整。从以军为主转向军民结合、为国民经济和人民生活服务；从封闭走向开放，主业从核军工转到核电，从业人员从约 30 万人紧缩到 13 万人。

转民搞核电：我国核工业的第二次创业，军转民的主攻方向是发展核电和民用核燃料。经过 30 多年的努力，取得了卓著的成效。

燃料上台阶：第二次创业的突出标志，就是我国大陆核电零的突破和一批核电站建成并安全运行。另一个标志就是核燃料上了台阶，包括铀矿堆浸、地浸成功，核燃料元件国产化，铀浓缩由扩散向离心方法过渡。

再创新辉煌：进入“十一五”，我国核工业迎来了规模发展新时期，集团以“开放、包容、合作、共赢”的新理念，以“改革创新转方式，加快发展增实力”为导向，在核能科技领域中，大力增强自主创新能力，核心技术有所突破。进入又好又快安全发展新阶段，再现了核工业辉煌年代。

“两弹一艇”十六载：从1955年1月创建核工业起步、1962年两年规划立下军令状，到1964年10月第一颗原子弹爆炸成功，1967年6月第一颗氢弹爆炸成功，1971年9月第一艘核潜艇下水，一共用了16年时间。其速度之快、质量之优，举世瞩目，全面反映了核工业人当年的精神风貌、工作节奏和科学作风。第一次创业取得了精神与物质的双丰收。

发展核电惠民生：从1985年3月我国大陆首座核电站开工建设到2015年5月我国自主三代核电“华龙一号”落地，投运、在建核电机组共51台，总装机容量5224万千瓦。在役核电机组始终保持稳定运行，在建规模世界领先，核电发展取得丰硕成果。环保效益十分明显。

随着我国经济和社会的发展，能源需求的增长，能源资源和环境问题日益突出。核能发电在经济建设和人民生活中的作用和地位与日俱增。安全高效发展核电成为我国核工业第二次创业和新时期发展的重点。

老厂的流金岁月

1981年五〇四厂获兰州企业管理优秀奖，厂副总兼企管室主任郑庆云

中核兰铀的前身是中核集团五〇四厂，这里装备着一种特殊的机器——铀同位素分离的主机。数百米长的工艺大厅犹如机器的海洋，一眼望去，那是国家安全的兵马俑，是传承“两弹一星”精神的卧龙，也是低碳能源核电的粮仓。

我是1962年从清华大学工程物理系毕业分配到五〇四厂。我曾在一首诗中写道：“我们选择了核，核选择了我们，从此，我们与核事业永不分离。”1983年8月，我又从五〇四厂调到核工业部机关工作。

在老厂的21年里，工厂领导、师兄学长对我谆谆教导和帮助，使我不断进步。老厂是我成长、成熟、成家的地方，我永远忘不了她对我的培育、对我的恩情。至今，一闭上眼，当年领导和同事们的音容笑貌就浮现在眼前。

（一）

1962年国家制定我国第一颗原子弹爆炸“两年规划”，全厂上下干得热火朝天，车间面貌一天一个样。当时，主工艺机组正在进行热（氟化）处理，搞试验的、测参数的技术人员三五成群，细心观察，认真记录。我们新分去的一批清华学生，每逢周日不约而同地到厂区加班看资料、学规程，三三两两行走在黄河铁桥上，回忆起这个情景至今难忘。

太阳从厂区东边冉冉升起，照得黄河水面波光粼粼，滔滔河水拍打着桥墩啪啪作响，微风吹来，使桥上的年轻人更加意识到肩负的使命与责任。

奋战两年，1964年1月14日，工厂拿出了首批铀浓缩产品。

我的女朋友桂祖琲（我清华的同学），当时在中央分析室质谱室工作，是他们写出了浓缩度合格的分析报告。厂里、部里立即向中央报喜，部里也发来了贺电，称“这是我部事业发展的一个重要里程碑，为我部事业的成功创造了必要的条件”。

在首次核试验前后，台湾当局出动U2侦察机多次飞过厂区上空。张爱萍同志在给邓稼先夫人许鹿希的信中写道：“记得是1962—1963年间，曾获悉肯尼迪要以可能的手段破坏我国兰州核燃料工厂。”1964年10月7日，二机部发出《调整战略布局，突出建设三线新基地的行动大纲》，这就开始了第二套核基地建设。厂里选调精兵强将建设第二个铀浓缩厂。老厂一分为二，核实力倍增。

20 世纪 70 年代，鉴于当时的国际形势，国家要求提供更多的浓缩铀产品，以增强国防实力。1976 年 1 月，由二机部和主管局领导主持，在厂里召开了《主产品增产“五五”规划》论证会，开始实施技术改造，到 1980 年 10 月，全部完成了《规划》所提出的六项重大技术革新、改造项目和措施，实现了《规划》所提出的各项经济技术指标，达到了预期的目的，使工厂的生产能力有了大幅度提高，实现了“一厂变两厂”的目标。

厂区原貌

（二）

五〇四厂，正如周总理所指出的，不但是中国人民的最高利益所在，而且是世界人民最高利益所在。

确实，她是核工业“宝中之宝”“重中之重”，确实厉害、重要、了不起！她是党和国家领导人亲自缔造的，因而十分重视，关怀备至！

当工厂拿出合格产品时，毛主席批示：“很好！”

1964 年 4 月 12 日，邓小平总书记来厂视察时，对王介福厂长、张丕绪书记说，你们辛苦了！这个厂建得不容易啊，你们为人民立了大功！

全厂职工不忘初心、牢记使命，把党和国家交予的沉甸甸责任落实到生产实践和创新发展中。60 年来，五〇四厂为祖国和人民作出了重大贡献，出了产品，出了人才，并培育出优秀的企业文化和企业精神。

五〇四厂出了产品，为我国“四个第一”作出了卓越贡献而载入史册。

五〇四厂出了人才，为核工业战线输送了成套人才。工厂出了四位部长、一位院士。他们是建厂元勋王介福厂长、张丕绪书记，他们在上世纪 70 年代先后任二机部副部长。后两位是引领核工业发展的蒋心雄部长和高新华副部长。院士是同位素分离专家刘广均教授。还有四位可称建厂的技术元勋，他们是王承书、钱皋韵、吴征铠和彭士禄。

王承书院士，是我国铀同位素分离的理论研究奠基人，著名女科学家。1961年春，钱三强副部长把王承书先生请到办公室，问："你愿不愿意隐姓埋名一辈子，去搞气体扩散？"王承书回答："我愿意！"钱部长说："那好，你去搞浓缩铀的理论和技术，为中国的核燃料厂上马铺路搭桥。"从此，她告别了曾付出巨大努力的统计物理领域，风尘仆仆地来到了五〇四厂，和钱皋韵（1994年当选为中国工程院院士）、吴征铠（1981年当选为中国科学院学部委员）一起为工厂上马而日夜奔走，解决了主工艺理论计算和实践应用。王承书领导下的计算组把九批启动出产品改为五批启动出产品，提前113天拿出最终产品，确保了1964年下半年爆炸我国第一颗原子弹。吴征凯院士为主机改进和首批六氟化铀供料作出了重大贡献。

彭士禄院士是我国第一艘核潜艇的总设计师，是革命先烈彭湃的儿子。1958年1月22日，王中蕃副厂长、刘宝庆总工程师带领设计组参与初步设计。设计组由4位精英组成，华戈旦（后来为总工艺师）负责工艺，王成孝（计算专家）负责计算，陶平（仪表专家）负责仪表，彭士禄负责机械和设备。初步设计是工厂建设的蓝图和大纲，他们为此立下了汗马功劳。

在生产运行过程中，彭桓武、阮可强和曹本熹三位院士为工厂解决了重大技术难题。

1996 年郑庆云随同蒋部长回老厂

彭桓武院士是我国核武器研制初期的三大台柱之一。阮可强院士是核反应堆和临界安全专家。他们曾于 20 世纪 70 年代多次来厂指导、计算主工艺级联在异常情况下的临界安全问题。厂防护处周济人同志配合他们做了大量工作。

曹本熹院士是著名的化工专家，是我国核燃料事业的开拓者之一。20 世纪 70 年代初，生产线经常出现堵料现象。为此，当时年近六旬的曹总，和工人们一起倒班，调查研究，发现问题，解决问题。

(三)

在工厂建设、生产运行的同时，也形成了良好的厂风和优秀的企业文化。它是“两弹一星”精神和“四个一切”核工业精神的源头之一。我之所以能提炼出“事业高于一切、责任重于一切、严细融入一切、进取成就一切”的核工业精神，就在于我在老厂有21年的生产生活实践，这些精神和思想风貌对我而言是刻骨铭心的，是挥之不去的。

事业高于一切，是老厂职工的信条。20世纪70年代担任厂党委书记兼革委会主任的赵琅同志，受命于“文革”后期的动荡年代。他总是骑着自行车深入生产现场和职工队伍之中，把工人和技术人员的话一字一句记下来，通过深入调查研究，寻求到一条主产品增产的有效途径，并组织制定《主产品增产的“五五”规划》，经部局论证后确定，后由蒋心雄厂长组织实施，使老厂生产面貌焕然一新。

责任重于一切，在老厂处处可见。建厂初期，建设进度十分紧张，却又在这时出现了屋面板裂缝，原因是冬季浇水泥温差太大而引起的。发现后，王介福厂长下死命令砸掉重来，一连砸了70多块，并要求进度不能拖。这样不仅保证了工程质量，而且锤炼了职工的思想作风和责任意识。

严细融入一切，是老厂的一道风景线。如工作前有操作票、许可证，关键指令复诵传递，重要操作有监护，严格书面记录、书面交接。这和20世纪80年代国际原子能机构提出的安全文化十分相似。所以我说，老厂的安全操作是核安全文化的原型。

进取成就一切，事业激发了责任，责任增添了志气。1959 年 6 月，苏联发出撤走专家的信号，可是，当时主厂房还没有建成，按专家估计最快要到 1960 年才能建成。厂里组织了最大力量，经过 60 个日日夜夜的奋战，主厂房于当年 12 月 18 日抢建成功，但苏联专家又提出厂房清洁度不合格。于是，厂里组织 1400 多人连夜突击搞清洁卫生，直到整个厂房角角落落用白布擦得一尘不染。当苏联专家再进现场一看，伸出大拇指称赞说："我算服了你们，你们都是魔术师，简直像变戏法一样。"随即，机器、设备从苏联发货，主工艺机组过了满洲里，心里就踏实了，这不就是"进取成就一切"嘛！

在纪念建厂 60 周年的日子里，真是心潮澎湃，千言万语浓缩成一句话：感谢老厂对我们的培养，感谢领导、师长和同事们对我们的关怀，感谢老厂的父老兄弟们！

如今，老厂变新貌，产量倍增，人才辈出，正在为建设世界一流的核燃料基地而努力奋斗！

秦山，开创中国核电之先河

建设秦山核电站，是我国核工业在国防科技工业战略调整大局下，向保军转民方向迈出的重要一步。是继核武器、核潜艇研制成功后我国核工业的又一历史性突破，是核工业第二次创业的里程碑。党中央、国务院和全国人民对秦山核电站寄予殷切期望。20世纪80年代初，我国政府宣布在杭州湾的秦山自主设计建造第一座核电站时，引起世界关注。人们敬佩我们的决心，同时也对我们能否自主设计建造、运行好核电站表示担忧，认为在当时缺少国外经验的情况下，中国建造核电站“是一项困难的挑战”。秦山核电站以其安全运行的业绩，消除了人们心中的疑虑，看到了中国核电发展的希望。

如果说，中国原子能科学研究院是我国核工业第一次创业的老母鸡，那么，秦山核电就是我国核电事业的孵化器。我国大陆的核电事业起步于秦山、成长于秦山，核电“走出去”更是从秦山迈出了第一步。所以，秦山核电是我国核电的种子、摇篮、功勋基地。她开创了中国核电之先河。

从1985年3月20日，秦山一期30万千瓦核电机组开工建设，到2015年2月12日方家山2号核电机组投入商运，秦山核电基地建成9台机组，总装机容量656.4万千瓦，年发电量约500亿千瓦时，成为我国核电装机容量最大的核电群堆基地。

我亲历了秦山核电工程从立项、争取政策支持，到建设、运行总结的全过程。如今回忆起来，当年的故事、当时的情景历历在目。

核电长子　中央关注

秦山是共和国核电的长子，备受党和国家领导人的关注。

1986 年元旦刚过，时任国务院副总理的李鹏同志从北京专程赴秦山考察。1 月 5 日，在时任上海市长江泽民陪同下考察了秦山核电厂建设现场。这是我国核电方针转折前的一次调研，我随蒋心雄部长参与了这次活动。当时秦山 30 万千瓦核电工程已经开工近 9 个月，安全壳本体高出地面 8 米。李鹏副总理在现场听取了核电厂领导和总设计师欧阳予的汇报，对工程技术参数和核电站投资，预测的发电成本等经济指标问得很细。在对职工的讲话中，他指出："要在实践中摸索出自己的一套经验，走自己的路，同时吸取国外的先进技术，把我国第一座核电站建设好。"李鹏副总理还为核电站题了词："同心协力、保证质量，为建设我国第一座核电站而努力奋斗。"江泽民同志也题词："预祝我国自行设计自己制造的第一座核电站早日建成。"

回上海后，李鹏副总理还把发展核电的整体想法与蒋心雄、周平等同志进行了交流。他说："想把核电站建设都交给核工业部。水电部现在整天忙于水电、火电，都忙不过来，哪有时间研究核电。你们就不一样了，党组首先研究这个问题。这样，30 万职工的积极性就都调动起来了。”“还准备把彭士禄副部长从水电部调入核工业部。”

在上海宾馆的会客厅里，挂有苏轼的一首五言律诗，其中两句“许国心犹在，匡时术已虚”。李鹏同志反复念了两遍，对大家说，这正好反映了核工业战线上一些老同志的心情。核工业部现在保军转民，你们的战略地位很重要，但目前有困难，处于低潮，要保存力量，把核这个事业继续下去。从 1986 年到 1996 年 10 年间，李鹏同志三次视察秦山基地。

1992 年 12 月，秦山核电站并网发电将近一周年，我随中核总领导蒋心雄、黄齐陶等同志向当时在杭州的邓小平同志办公室汇报了秦山核电的情况。小平同志派邓楠和吴医生等同志专程考察了秦山核电站，他们说：“小平同志非常想来秦山看看。”但后来未能如愿。小平同志请邓楠转告核工业职工，他对核电是很关心的，也想去秦山看看，就是那边的路不好走，弯弯曲曲，这次就不去了。小平同志还询问秦山共搞多少核电，再次强调“核电还要发展”。

秦山核电站顺利并网发电后，如何确保持久安全运行，是摆在全厂面前的首要大事。鉴于当时制造厂的技术水平和生产条件，核电站的一些设备和众多零部件的质量与寿命存在不少问题，必须进行彻底更换和技术改造。这就需要大量的资金，而当时核工业正处在转民的低谷，资金十分困难。总部机关的财务司、政策研究室和秦山核电公司多次研究商量，走访有关部门，提出了一些缓解资金困难的方案，总公司领导组织了向国务院和有关部委汇报，争取优惠政策，获得了多方支持。1993 年，国家税务总局下发了《关于秦山核电站免征产品税的通知》。紧接着，财政部、国家税务总局下发了《关于对秦山核电站实行增值税先征后返的通知》。这些优惠的政策有力地支持了秦山核电的生产发展。

2002 年 6 月，胡锦涛副主席专程考察了秦山核电基地，并指出："党中央关于建设秦山核电站、发展我国民族核电的战略决策是英明的、正确的，也表明我国的核电建设队伍是一支勇于开拓、自觉奉献、能打硬仗的好队伍。"

以我为主　中外合作

1985 年末，核工业部在北京京丰宾馆召开工作会议，接到时任国家计委主任宋平的指示，要核工业部研究在秦山一期基础上建设 60 万千瓦核电站的可行性。经反复研究确认后，责成我和计划司张志峰同志起草给国家计委的回复报告。后被流言误传为，核工业部两片纸，把苏南核电站拉下马。其实这是国家从全局考虑作出的选择。不久，中央财政领导小组办公会确定："'七五'期间，核工业部在秦山扩建两台核电机组，每台容量为60万千瓦，可列入计划。"1986年年初，经国务院常务会研究，我国核电发展方针有一个大的转变，那就是由过去百万千瓦起步，改为从60万千瓦起步；技术上从"以国外为主，合作设计"，改为"以我为主，中外合作"；原想从苏南起步，改为从秦山起步；管理体制上，由原来以水电部为主，改为以核工业部为主。所以，秦山二期是首次实践了"以我为主，中外合作"的核电发展方针。这一方针是非常正确的，指导我国自主发展民族核电，对外既不依赖又不排斥，意义十分重大而深远。

秦山二期立项后，因资金困难迟迟不能开工。当时核工业总公司提出与地方合作，吸纳地方资金，组织股份制核电公司。但中核总的资本金还没有着落。于是，再次组织财务司、政策研究室和核电秦山公司谋划办法。最后提出，利用秦山一期煤代油资金，滚动发展秦山二期的想法，并责成政策研究室起草报告，向国务院领导和国务院有关部门汇报。时任国务院副总理邹家华同志在听取中核总汇报时说："7.4亿元的煤代油的钱，计委可以研究这个问题。以我看，没有什么可争的，都是国家的钱。首先要肯定，这笔钱谁也不准拿走，就用它来搞核电。”又经过整整两年的反复努力争取，最后，国家计委以煤代油专用资金办公室下发了《关于将浙江秦山核电站一期工程的煤代油基建贷款本息转为浙江秦山核电站二期工程中央项目资本金的通知》，确保了二期工程资金到位，推进各项工作顺利进行。

多元发展　放眼未来

1995 年，李鹏总理在听取国家计委“九五”计划汇报时说：“在充分利用我国已有条件的基础上，要重视吸收国际上先进核电经验，比如重水堆可以使用天然铀，是一大优点。通过积极引进新技术，为下世纪核电发展打下一个良好的基础。”

中加重水堆项目实质性合作始于 1993 年。当年 9 月，中国核工业总公司和江苏省电力局联合组团赴加考察，由中核总总工程师马福邦任团长，团员有时任核电局局长李玉崙、政研室主任郑庆云和江苏省电力局局长吴文炜等。加方特别是加拿大原子能有限公司对此十分重视，派出部门经理大卫·鲍克全程陪同。这次出访的背景是，我驻加多伦多领事馆根据华人信息向国内发来外交电报，说加方有多套重水堆核电设备有望优惠引进。当时国内有关省市，如江苏、广东、山东等，也曾有过引进重水堆的想法。不久，国务院和国家计委领导批示，由中核总牵头组团考察。

引进重水堆一直是想干而又不便直言的敏感项目。因为1983年国务院决定我国核电走压水堆为主的技术路线。所以在提出引进重水堆之初，上级领导就明确批示："资金有限，不能再开一种堆型，尽管重水堆也有许多可取之处，20世纪80年代中期国务院组织过大论证，对此事已作过决定。"但经过这次细致考察，对引进重水堆的利弊作了充分分析，认为20世纪80年代决定走压水堆路线并不否定像我们这样的大国可拥有少量成熟的其他堆型，"发展核电的基本技术路线是压水堆，主要是指制造能力以压水堆为主。"重水堆以天然铀为燃料，对分离功的需求小，能充分有效地利用中子，生产多种同位素，这对完善我国军民结合的核工业体系很有好处，而且当时国内资金紧张，重水又难以配套，而加方承诺可以提供可观的贷款、租赁重水；加之加拿大地处北美，发展与加强中加两国关系在外交上、政治上对我有利。经多方论证，我们的信心更足。为了清晰地表达论证的结果，国办姜云宝同志还帮我们修改文稿，报最高行政领导审批。在两国领导人多次互访的推动下，经多方努力最终批准可与加方进行实质性谈判。

此后又经过两年多的艰苦奋斗，在国务院各有关部门和地方政府领导的关怀支持下，经中核总机关、秦山基地领导和骨干的超常规的努力，1996 年 2 月 6 日，国家计委以计交能 [1996] 226 号文批准《秦山三期（重水堆）核电站工程项目建议书》。

重水堆核电站的建设和运行，均创造了优异成绩。最近几年又不断传来重水堆核电的好消息：如利用重水堆实现同位素钴 –60 产业化，年产钴 –60 同位素 600 万居里，可满足国内 80% 市场需求；成功实现压水堆回收铀在重水堆上利用的示范试验，预计可提高铀资源利用率 20% 以上。2014 年，又传来了重水堆走出国门，与阿根廷签署了政府协议和项目框架合同，标志着我国已成功进军国际竞争性商用核电市场。这都表明，在有条件的情况下，多元发展、适当的技术储备是必要的，有的效果是当时想不到的。

站在高处　看秦山基地

秦山核电基地圆满建成，为华东地区经济发展作出了积极的贡献。但还需站在高处来看秦山基地的角色与历史重任——她是我国核电的发祥地，掌握技术、培养人才、自主管理的目的大于发电。那么，这个高屋建瓴的愿景达到了吗？中核集团公司在组织工程验收的同时，组织了系统的经验总结，力求全面回答这一问题。我与政研体改部的陈书云、张果等与秦山基地的林德舜、于英民、王森、鄢斌等同志，历时一年半时间，完成了《关于秦山核电站建成并网十周年经验总结》《关于我国首台60万千瓦核电机组建成经验总结》《关于秦山重水堆核电站建设经验总结》等一系列文章，对此进行了归纳提炼。

秦山核电基地全景图

中央领导和国务院相关部门对这些经验非常重视、充分肯定并作了重要批示。当时的《求是》杂志和《人民日报》《经济日报》都全文刊载。2004年中核集团又汇编成册——《秦山核电建设基本经验选编》，为制定“十一五”规划，为中长期规模发展核电提供了资料。正如周恩来总理在1972年8月的中央专委会上所指出的：“有实践就要有总结。通过实践，总结提高，上升到理论，再去指导实践。”又说：“规划要有经验的总结，否则是空的。在总结的前提下搞规划，这是很重要的。”

通过总结把三个独立的工程连成一幅完整的图像，那就是：从秦山一期我国核电起步，秦山二期核电站国产化新的跨越到秦山三期核电工程管理与国际接轨，实现了核电设计建造、设备制造、燃料配套、调试运行和安全管理的全面提高和创新发展。

最后，向为我国核电作出卓越贡献的秦山核电人表示深深的敬意。

核工业精神的形成和内涵

我国核工业60多年的光辉历程，铸就了“事业高于一切，责任重于一切，严细融入一切，进取成就一切”的核工业精神。

从文化理念上讲，“四个一切”的核工业精神，是核企业文化的灵魂，是核工业人传统、习惯、精神、风貌的集中表现，是核工业企业核心价值观的体现。2008年，中国核工业集团公司发布了《企业社会责任报告》，报告将中核集团的文化理念表述为：企业宗旨——兴核强国，服务社会；核工业精神——事业高于一切，责任重于一切，严细融入一切，进取成就一切；两弹一星精神——热爱祖国、无私奉献，自力更生、艰苦奋斗，大力协同、勇于登攀。

从管理思想上讲，“四个一切”的核工业精神，是核企业管理与发展的根本之“道”。“道生一，一生二，二生三，三生万物”（老子《道德经》）。现代管理大师彼得·德鲁克（Peter Drucker）对管理作了如下定义：“管理就是界定企业的使命，并激励和组织人力资源去实现这个使命。界定使命是企业家的任务，而激励与组织人力资源是领导力的范畴，两者的结合就是管理。”一个成功的企业，必然有其独特的管理理念，去实施“使命”“激励”和“组织”。“四个一切”的理念就是核企业管理与发展的独特方略。

总之，“四个一切”的核工业精神是核工业人、核工业企业的“魂”和“道”。

一、核工业精神表述的提出与传播

2005 年 1 月 15 日，在庆祝我国核工业创建 50 周年大会上，中国核工业集团公司和中国核工业建设集团公司首次提出了“事业高于一切，责任重于一切，严细融入一切，进取成就一切”的核工业精神。“四个一切”的核工业精神虽只有 24 个字，但她却像一把号角，吹响了曾经和正在核岗位上默默付出的几十万核工业人的心声。她代表了半个世纪以来中国核工业人达到的精神高度。

经过多年的弘扬，“四个一切”的核工业精神已经成为核工业改革和发展的内在动力，成为员工的日常行为规范和准则。当下，不论是在各企事业单位的办公楼里、中心广场、网站上，还是在各项大的活动中，“四个一切”的核工业精神都被置于最显眼的位置。在报告讲话中，在宣传文稿中，在新职工誓词中，“四个一切”的核工业精神经常被引用。在员工的文艺创作中，也常常把“四个一切”的核工业精神称为“核之魂”。

“四个一切”的核工业精神还在中央企业、国防科技工业企事业单位和高等院校广泛传播。2007 年 9 月 10 日，国务院国资委和国防科工委在北京人民大会堂隆重举办了“传承核工业精神，再创新的辉煌”先进事迹报告会。企事业单位代表和院校师生共6 000余人，聆听了核工业先进事迹报告，眺台上悬挂的“事业高于一切，责任重于一切，严细融入一切，进取成就一切”的巨幅横标，辉映着整个人民大会堂。

在纪念核工业创建55周年座谈会上，中央政治局常委、全国人大常委会委员长张德江曾说，“四个一切”精神，不仅是核工业的精神，也是我们党的精神，我们国家的精神，我们民族的精神。

二、核工业精神的培育与形成

核工业在60多年的创业征程中，既创造了辉煌的业绩，也积淀了丰厚的文化底蕴，孕育形成了伟大的“两弹一星”精神和“四个一切”的核工业精神。

（一）核工业精神是中央培育、上（中央）下（企业）结合互动形成的，也就是国家力量铸就的

我们常说，我国核事业是毛主席、周总理亲自缔造的，同样，核工业文化、核工业精神也是在以毛泽东、邓小平、江泽民、胡锦涛、习近平为核心的党和国家领导集体亲自培育下形成的。

简言之，又可分为三个层次：一是中央把沉甸甸的责任交给核工业人，从而形成“事业高于一切、责任重于一切”的思想理念和价值观；二是中央领导反复告诫核工业人，破除迷信要与科学态度相结合，自主创新要与学习继承相结合，从而形成“进取成就一切”的民族自信、自力、自强的精神；三是中央领导谆谆教导搞核事业，事事处处要稳妥可靠、万无一失，从而形成“严细融入一切”的工作作风。

核事业开创初期，毛主席就嘱咐刘杰部长说，这是决定命运的哟，好好干呀！周总理说，核工业几个厂子（指兰州铀浓缩厂、酒泉原子能联合企业、青海西北核武器研制基地、包头核燃料元件厂）是全国人民最高利益所在，是世界人民利益所在。陈毅外长 1962 年在北戴河曾问刘杰部长：什么时候你们能“交货”呀？你们交了货，我这个外交部长的腰杆子就更硬了。这些殷切的期望与重托，加深了核工业人对责任和使命的理解，极大地增强了核工业人的事业心和责任感。

中央领导的亲切关怀和谆谆教导培育了核工业人的科学作风、进取精神和自主创新精神。

毛主席指示，核事业要先学楷书，再写草书。他说：“这个原子堆、铀 –235 工厂，你们还没有掌握好，怎么就动手改呢？首先掌握好了，然后才能去改。比如，写字，先得学正楷，再学写行书，然后再练草书。”这是1959年毛主席在中南海游泳池旁，对宋任穷部长说的。当时的背景是，全国正开展技术革新运动，兰州铀浓缩厂一些职工也跃跃欲试，想在主工艺上开刀。

毛主席针对我们的事业说过：“要尊重苏联同志，刻苦虚心学习。但又一定要破除迷信，打倒贾桂！贾桂（即奴才）是谁也看不起的。”

邓小平同志说：“这些东西（指两弹一星）反映了一个民族的能力，也是一个民族、一个国家兴旺发达的标志。”

江泽民同志说：“如果没有当年毛主席、周总理领导我们在非常困难的条件下搞出的原子弹、氢弹和人造卫星，我们不会有今天这样安全的局面，恐怕早就挨打了。在这个世界上，最后还是要拼实力的。我们要卧薪尝胆，一定要争这口气！”

胡锦涛同志说：“要继续坚持以我为主，这是发展核电的必由之路。”他还提出了“发展民族核电”的重要思想。

习近平同志说：“核工业是高科技战略产业，是国家安全重要基石。要坚持安全发展、创新发展，坚持和平利用核能，全面提升核工业的核心竞争力。”

在员工思想素质和严细作风方面，周总理的指示最多、最具体、最精辟。

“核工业人的那种平凡而伟大的风格”就是周总理“三高”指示内容，他说：“二机部的工作，要做到有高度的政治思想性，要求有平凡而伟大的风格，要有终身为这门事业的思想；高度的科学计划性，要求一环扣一环，采取科学的态度和科学的方法；高度的组织纪律性，克服松、散、乱、慢的现象。”

对核事业的生产、建设、科研工作，周总理指示：“对原子能工业的生产、建设和核武器的研究、试验，要实事求是，循序而进，坚持不懈，戒骄戒躁。”

对核试验周总理提出：“严肃认真，周到细致，稳妥可靠，万无一失。”

对核潜艇研制周总理指示：“核潜艇我们第一次搞，试验工作要稳当一些，一步一步把工作做好，多花一些时间充分试验。要通过试验取得各种科学数据和资料，积累经验。”他还提出：“充分准备，一丝不苟，万无一失，一次成功。”

如果说中央领导的这些指示、教导，是核工业精神的理论基础，是正面激励力量，那么，苏联撤走专家、三年经济困难这些天灾人祸，则从负面激发了我们的斗志，形成倒逼机制，客观上为加快自力更生发展我国核工业提供了机遇。

正当上马不久的核工业建设全面铺开的时候，外援突然停止了。1959 年 6 月 20 日，苏共中央致信中共中央，信中以苏美英三国正在日内瓦谈判禁止核试验协议和苏美两国政府首脑会议即将召开为理由，提出暂缓按协定向中国提供原子弹教学模型和图纸资料，从而单方面撕毁了“国防新技术协定”。1960 年 8 月 23 日，当时在中国核工业系统工作的 233 名苏联专家全部撤走，并带走了重要的图纸资料，原来答应提供的设备，也不供应了。

但由于我们一开始就坚持自力更生方针，在有外援的情况下，我们并没有依赖，更没有躺在“老大哥”身上，而是坚持“自力更生为主，争取外援为辅”，坚持做好三项工作：

① 组织一支以著名科学家为带头人的专业科技队伍；

② 建立独立完整的核工业体系；

③ 坚持在核心技术上做到知其然知其所以然，坚持“理论先行”“以任务带学科”，把核心技术牢牢地掌握在自己手中，提前进行理论预研也是我们先于法国研制成功氢弹的法宝之一。

这三条归结为一句话就是重在能力建设。与此同时，中央下大力组织全国协作，支持核工业建设，1961 年 7 月 16 日作出《关于加强原子能工业建设若干问题的决定》，指出要自力更生突破原子弹技术，加速我国原子能工业建设，决定进一步缩短战线，集中力量，加强各有关方面对原子能工业建设的支援，尽快把第一颗原子弹搞出来。为此，中央采取四项措施：一是加强核工业的技术力量和领导力量；二是加强核工业所需设备、仪表的生产、试制和配套；三是加强工业卫生和防护医疗；四是将核工业系统的物资运输一律列为军运。这样，我们很快克服了由于停援带来的一系列巨大困难，奋发图强，加快了前进的步伐。这使对方的一些预言，比如“要出现技术真空”“设备变为废铜烂铁”等都成为泡影。

正值此时，又遇上国内经济困难，已经全面铺开进行建设的几个核工业重点工厂又都处在最困难地区，不仅建设物资供应困难，就是人们正常的生活供应都难以保证。当广大职工粮食不够吃、副食又供应不足时，他们就采骆驼草子，开荒种地，打猎捕鱼，千方百计补充主、副食品。当时，中共中央、国务院对核工业系统职工给予了巨大的关怀。粮食部一次就拨给二机部西北 3 个厂（兰州铀浓缩厂、酒泉原子能联合企业、青海西北核武器研制基地）几百万斤黄豆；青海省给核武器研制基地调拨 4 万只羊；商业部、总后勤部在兰州设立了二级批发站（三个厂的供应待遇相当于一个省的待遇），加强西北地区核工业部门和特种部队的生活后勤供应。加上职工生产自救，很快地缓解了这些困难。

战胜由于苏联专家撤走和国内经济困难而带来的两大难关，也充分体现我国核工业和核工业精神是国家力量铸就的。

（二）核工业精神是核工业人在创业实践中形成的，也就是伟大的事业铸就伟大的精神

如果说以上所述是核工业精神形成的特定的历史条件，属于时势造英雄范畴，那么以下就是核工业人如何在创造物质财富的同时，创造出灿烂的精神文明。伟大的精神既凝结着以往的奋斗，也昭示着未来的追求。

我国核工业创建 50 周年总结指出：核工业人在中央的关怀和全国人民的支持下，能够在艰苦的环境里，干出惊天动地的事业，重要的是对于责任、对于使命的理解和认识。当他们意识到自己所从事的事业是祖国的企盼与需求的时候，奉献精神油然而生。是事业激发了核工业人的责任，是责任增添了核工业人的志气。为了完成这样的使命，实现这样的责任，成千上万的职工在茫茫无际的戈壁荒原，在人烟稀少的深山峡谷，隐姓埋名，以身许国，风餐露宿，不辞辛劳，经受了各种艰难险阻的考验。

这里说的“隐姓埋名、以身许国”是以王淦昌为代表的一批优秀科学家的真实写照。郭永怀、彭桓武、邓稼先、曹本熹、王承书……他（她）们闪光的人生，感人的事迹，使人久久难忘。

王淦昌，我国核科学与核武器研制的奠基者和开拓者之一。他曾提出了验证中微子存在的实验方法，他领导的研究

小组发现了反西格马负超子。当祖国需要他放弃原来的基本粒子研究，承担原子弹研究任务时，他毅然表示："我愿以身许国。"从此，他改名王京，默默无闻地工作在祖国大西北。

王淦昌院士

郭永怀，我国近代力学奠基人之一，被称为中国核武器研制初期的三大台柱之一。他对别人要求严，对自己更严。他说："我们这些人早在回国的时候，就把名啊、利啊放在一边了。"为了保存重要的数据资料，在遭遇空难时，他与警卫员紧紧抱在一起。当人们分开他们被烧焦的遗体时，震惊地发现在他们中间夹着一个完整无损的装着数据资料的公文包。

郭永怀院士

邓稼先，被誉为"两弹"元勋，担任了原子弹理论设计的负责人，解决了我国原子弹试验的关键性问题。在一次氢弹试验因降落伞未打开，弹体着陆后，他首先奔向爆心。旁边的

邓稼先院士

曹本熹院士

王承书院士

陈彬主任、赵敬璞副部长阻拦说，你生命宝贵，不能让你去。他却说，只有我最了解这一情况。当见到核部件未爆炸时，他才松了一口气。

曹本熹，著名化工专家，我国核燃料事业开拓者之一，出色地领导了铀、钚、锂、氚的试制和生产任务。1963年初调入二机部，刘杰部长对他说："我们大本营在北京，可搞核燃料生产要进入沙漠荒原。曹教授，请你考虑一下。"曹本熹毫不迟疑地回答："我是搞科学的，只要是为了科学，就不考虑在什么地方，也不考虑干哪项工作。"当年年底，得知女儿不幸得了白血病，组织上借汇报工作为名，把他从酒泉原子能联合企业工地请回北京，但他稍作安排后，又回到了工地。他深知，那里的工作离不开他。组织上要给他医疗补贴，他说，我还能顶得住。他没要公家一分补贴，花完了多年积蓄，也未能挽回女儿的生命。最后他尊重医院请求，含泪将女儿遗体捐献给了医学研究事业。

王承书，著名女科学家，我国铀同位素分离事业的理论研究奠基人，她为我国浓缩铀事业贡献了毕生精力。1961年春，钱三强副部长把王承书请到办公室，问“你愿不愿意隐姓埋名一辈子，去搞气体扩散？”王承书回答：“我愿意！”钱部长说：“那好，你去搞浓缩铀的理论和技术，为中国的扩散厂上马铺路搭桥。”从此她告别了曾付出巨大努力的统计物理领域，开始新的跋涉。她在去世前一年写的遗嘱中，表达了一位共产党员赤诚无私的胸怀，要求将她一生积集的技术资料、书籍赠给核工业理化工程研究院，留下的积蓄除 8000 元给未婚姐姐外，全部捐给希望工程和交最后一次党费……

这里还要提及著名科学家、核武器研制元勋之一彭桓武的两句名言。当记者问他为什么要回国时，他响亮地回答：“回国不需要理由，不回国才需要理由。”1982 年，国家自

1) 不要任何形式的丧事.
2) 遗体不必火化,捐赠给医学研究或教学单位,希能充分利用可用的部分!
3) 个人科技书籍及资料全部送给三院.
4) 存款,国库券及酬金等,除留 8,000 元给未婚的大姐王承诗存储养老生活费用外,另存些取存款做为我最后一次党费,其余全部捐给“希望工程”.
5) 家中一切物件包括本人的衣物全由部里处理.

王承书手迹

王承书和科技人员一起探讨

彭桓武（左一）、周光召（左二）与宋任穷（左三）在一起

然科学奖一等奖颁发给原子弹研制团队，其中彭桓武排名第一，按国家的规定，一等奖的唯一的一枚金质奖章应授予获奖名单中第一位获奖者。当所长将金质奖章送给彭恒武时，他执意推辞，请所长带回去，放在研究所里。他还写了两句话予以回答："集体，集体，集集体；日新，日新，日日新。"彭老说：我不是谦虚，是事实，我们的核武器完全是集体智慧的结晶。

这样的优秀人物和动人的事迹还有很多。这使我们感悟到：核事业有这样一批科技人才，他们有这样一种精神，有这样一种品格，中国的"两弹一艇"怎么会搞不出来呢？

"戈壁荒原、风餐露宿、不辞劳苦"，是对以酒泉原子能联合企业职工为代表的创业初期核工业人的生动刻画。建厂初期的酒泉原子能联合企业所在地，风沙很大，把吉普车前面的挡风玻璃都打毛了。喝水也很困难，要用汽车、火车运，一吨水等于一吨汽油的价钱，所以早上用过的水不能倒掉，留着洗衣服用，最后用来和煤。冬天在帐篷里戴着皮帽子、口

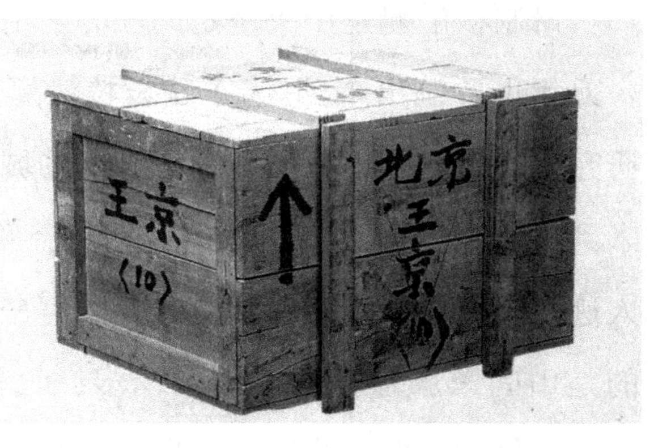

著名核科学家王淦昌当年运送资料的木箱

八〇一工程现场指挥部及建设场景

罩，穿上大衣，再盖被子。当时大家风趣地叫全副武装睡觉。建厂初期，在那里出生的孩子都没见过树木，节假日拉他们去镇上玩，看到路边的树，他们惊奇地说：好大的骆驼草呀！

研制核潜艇是中央坚定的决心。毛主席说过："核潜艇，一万年也要搞出来。"为了建设核潜艇陆上模式堆，原子能研究所的研究设计队伍告别了繁华的城市，带着崇高的使命来到了偏僻的山沟。当时那个地方，荒草遍野，蛇虫出没，人迹罕至。他们刚到时，住的是干打垒，喝的是泥浆水，走的是山间羊肠道。由于山区雨多，气候潮湿，蚊子又大又多，居住的工棚也成了蛇、鼠的栖身之所。曾有几位因公出

核潜艇首任总设计师（从左至右）：赵仁恺、彭士禄、黄纬禄、黄旭华

山的职工，走在当地老乡的门前，想讨口水喝，一个个蓬头垢面，说话又操外地口音，老乡竟把他们当成了“要饭的”，好心人用竹篮端出几块红薯，让他们充饥。

讲到核潜艇，就不能不提及彭士禄。彭老也是一位传奇人物。他是革命先烈彭湃的儿子，3 岁时母亲壮烈牺牲，4 岁时父亲光荣就义，8 岁进了监狱，10 岁沦为乞丐，11 岁时找到祖母，辗转到香港。后来，周恩来总理知道了，就设法把他从香港接出来，与总理一起住在重庆八路军办事处。1940 年去延安，后留学苏联。回国后参加核工业建设。

彭士禄是首任核潜艇总设计师，他敢于负责、敢于拍板，使核潜艇研制紧张、快速、有序地进行。在他的带领下，两年建成陆上模式堆，三年核潜艇下水。一次现场调试时，彭总病倒了。经诊断是急性胃穿孔，为此而切除了四分之三的胃，但他仍以顽强的意志坚持工作。

核工业人就是这样把家庭的幸福、个人的兴趣、人生的价值，与国家安全、民族自强的伟大事业统一起来，形成了周总理说的“平凡而伟大的风格”。他们把艰苦的环境、恶劣的条件，与为国争光的抱负和革命乐观主义精神统一起来，吃苦不叫苦，受累不埋怨，一心要建好工程、拿出产品、成就事业。

（三）核工业精神是与时俱进在发展中形成的，也就是时代进步铸就的

核工业精神形成于第一次创业，发展于第二次创业。不断将改革开放、科学发展观融入其中，使核工业精神得到进一步提升和发展，也使“两弹一星”精神在核工业得到丰富和升华。

从自力更生为主到“以我为主、中外合作”；从献身事业到企业发展与员工发展和谐统一；把严格细致、一丝不苟的科学作风引申到规范的核安全文化，是一个与时俱进的发展过程。

改革开放、中外合作发展核电后，在引进技术的同时，

吸收了国外的先进管理和现代文化理念，充实、扩展了“严细融入一切、责任重于一切”的内涵和管理方法，更准确把握了现代管理与文化的真谛。

上世纪 80 年代初，当我们宣布建设秦山核电站时，国外舆论敬佩我们的决心，但对我们的能力表示担忧，认为中国建造核电站“是一项困难的挑战”。核工业人为了推进民族核电事业的发展，放弃了许多、担当了许多，面对繁重的任务、历史的责任与较大的风险，他们丝毫没有减弱对事业的执着和奉献。他们是核工业新时期的王淦昌、原公浦……的再现。

有一位核电建设的老工程技术人员，他就是原七二八院主任工程师戚正文。在核电建设繁忙的那一年，他的儿子在野外工作得了急病，不幸去世。中年丧子，痛苦万分，几天里催白了老戚的头发。从工地回到上海，又一个不幸接踵而来：他体弱的妻子因受不了爱子猝亡的悲痛，一下子瘫在了床上。戚正文在核电工程第一线上，坚守着，默默地承受着工作和生活的双重负荷。每天午休时，他匆匆推出自行车，冲锋似地往家奔，安排好妻子的药和饭，他又推起自行车，奔向设计院。戚正文是位老资格的核工程技术人员，早在上世纪 50 年代，他已是一所大学核专业教研室主任了。到七二八院工作后，组织上把核岛工艺系统的设计任务交给了他。原大学的老同事出于好心，劝他回校主持教研工作，那里生活条件优越，工作无风险，还经常有出国深造的机会。他婉言谢绝了，说："这工程上上下下折腾得够多的了，我负责的这一摊，还没有最后成功，就如士兵没有把仗打到底，我怎么能离开战场呢？"戚正文出国带回来的不是冰箱、彩电，而是美国制造的标准过滤器芯子，这正是他研究攻关的宝贝。凭着这种执着、进取，他们攻克了一个又一个难关，攀登了一个又一个新的高峰。

1991 年 7 月 31 日，秦山核电站开始装料，意味着要把国产化的 121 个核燃料组件装入反应堆内，核裂变能源将在这里实现。秦山核电公司召开了誓师会，装料队队长张玉良从领导手中接过锦旗，他顿时觉得锦旗上"严肃认真、周到细致、稳妥可靠、万无一失"16 个大字个个都有千斤重，这是领导的要求，也是全国人民的期望。张玉良代表装料队宣誓："我们为能参加首堆首次装料感到光荣与自豪，保证做到一次成功，为结束中国大陆无核电的历史作出应有的贡献。"装料成功后，这位年近六旬的东北汉子，当年告别长春，入戈壁饮风餐沙二十载没有落一滴泪，此刻却抑制不住满腔激动，眼窝湿润了。秦山人在被誉为"国之光荣"时不骄傲，在遇到挫折时不气馁，不屈不挠，顽强攻关，不断改进，经过 20 年的不懈努力，书写了中国核电建设从"成功起步"到"国产化重大跨越"，再到"工程管理与国际接轨"

的三个光辉篇章。正是由于我国核电的起步和示范的成功，才迎来了国家加快核电发展的春天。

徐銤院士

2010 年 7 月 21 日，中国实验快堆建成，也是快堆总工程师徐銤潜心研究快堆 46 年，获得成功的日子。他从城市到山沟，从“三线”回到北京，始终把个人的命运与国家核能事业的发展紧密结合起来，坚持自主创新，全身心投入工作。他的勤奋敬业和无私奉献，充分体现了一名科技工作者忠心报国的崇高品质。徐銤院士的精神是“四个一切”核工业精神的具体体现，是核工业精神在新时期的延伸和发展。“四个一切”核工业精神在他身上熠熠生辉。

三、核工业精神的内涵与作用

核工业精神是“两弹一星”精神的重要组成部分，同时也反映出核工业独特的品质与特征。它反映了核工业人的心愿、意志，并成为激发全体员工积极性和创造性的无形力量。它是核工业企业的哲学、价值观念、道德观念的综合体现和高度概括。核工业精神中的“事业高于一切，责任重于一切”彰显了爱国情怀和社会责任，“严细融入一切，进取成就一切”显示的是中国特色的大国工匠精神。从“两弹一艇”创业到三代核电落地，核工业精神体现了传承和创新，体现了核工业人的价值导向和时代精神。

（一）核工业精神内涵

1. 事业高于一切

事业高于一切，就是一切为了祖国，为了核科技事业，体现了核工业人共同拥有和信守的价值观念，既是核工业人的行为准则，也是核工业人的终生追求。强烈的事业心是一切成功人的必备素质与性格。

我国第一座铀水冶厂——衡阳铀水冶厂于 1958 年在衡阳远郊兴建。毕业于成都工学院的周裕常以优异的成绩被选进国务院技术局，1961 年调到衡阳铀水冶厂。那时凡与核工业有关的产业都是保密的，上不告父母，下不告妻儿。小周刚结婚 7 天，蜜月还没过完，组织上调他去工厂工作，还不告诉具体去什么地方。他回来后对妻子说，要出趟差，得

刘杰部长向中核集团赠送“四个一切”题词，刘杰（右四）和夫人李宝光（左三）、李学东（左四）、李鹰翔（右二）、郑庆云（左二）、宋克祥（左一）、杨志平（右三）

去一段时间，还得带上行李。妻子依依不舍地把他送走了。几经辗转他来到衡阳，没有住房，一切都是白手起家，自己去干。回忆那段历史，周裕常说：“那个苦呀，是今天的人想象不到的。”他给妻子写信，没告诉自己在什么地方，只说出差地点的信箱。妻子回信说，组织上已决定她也出差，去哪里干什么还不知道。工地上用水，靠水车从远处运来。一天，小周拎着水桶去运水点接水，在一丛灌木前，发现了一个女同志，他一下愣住了，因为眼前的人不是别人，正是自己日夜思念的新婚妻子。“哐当”一声，水壶掉在地上。

妻子也认出了小周，猛喊了一声“小周……”两人同时向对方奔跑过去，跑到对面，又都霎时停住了脚步，几乎同时问对方：“你不是出差了吗？怎么会在这里？”两个人一边流着泪一边笑着，这样的邂逅，简直就跟电影上的情节一样。后来，组织上知道了，就让他们夫妻俩住在一起。他们住在一个四面透风的土房里，没有饭锅，用瓦盆煮饭，粮食不够吃，就去挖野菜熬汤充饥。虽然如此，谁也不觉得苦，都觉得组织选中自己来干一项伟大的事业，再苦再累也光荣。

在社会主义初级阶段，“职业”在很大程度上，还是一种谋生手段，引导员工把职业当作事业来干，增添了实现人生价值的一种寄托，赋予了巨大的精神动力。事业高于一切，就是把自己的本职工作与国家的发展、社会的进步和人民的根本利益紧密联系在一起。

有人问，这样一种崇高的精神与企业作为营利性组织是否矛盾？

“企业”的传统概念是：从事生产、流通或服务性经济活动的营利性的经济组织。

然而，现代企业的特征，在企业与社会以及企业与客户关系上发生了很大的变化。

企业的性质以往被视为单纯追求利润最大化的营利组织，而现代企业在获取利润的同时，不再把社会目标、社会责任视为一种约束、一种限制，而是作为一定的社会义务。正如海尔集团总裁张瑞敏所言："我想无论哪个企业的目标都是一样的，都要追求长期利益最大化。但这只是一个目标，并不是目的。企业存在的目的是和社会融为一体，推动社会进步。"

企业与客户的关系也发生了变化，过去企业满足于生产出来的产品卖给客户就了事，所谓"货物售出，概不负责"。而现代企业则要进一步满足客户的多样化、个性化需求，提供全面解决的方案。

可见，现代企业已经把营利性与社会责任、公众事业、国家意志融合起来，与客户的利益协调起来。我们还要特别强调，核工业作为重要的国防企业，肩负着事关国家荣辱兴衰的光荣职责，必须把国家利益放在第一位，这也是军工文化的本质特征。

特别是2000年以后，欧美跨国企业对其合作者全面提出社会责任的要求，不符合《企业社会责任国际标准》（SA8000）的企业，就不能成为合作伙伴，就拿不到贸易订单。所以，企业社会责任已成为企业间通商的基础条件，也是国际组织、企业与对方合作时看重的重要品质。

再从制定企业精神的本意看，企业精神的内涵应具有先进性、导向性的特点，要具有历史的使命感，才能对员工有号召力。何况现在已将“爱岗敬业，奉献社会”纳入《公民道德建设实施纲要》，纲要对职业道德作了明确规定——爱岗敬业，诚实守信，办事公道，服务群众，奉献社会。其中对奉献社会作了如下解释：任何正当职业都是社会需要的产物，离开社会需要的正当职业是不存在的。任何职业利益、职业劳动者个人利益都必须服务社会的利益，把奉献社会作为自己的崇高责任。

2. 责任重于一切

搞核事业最重要的是“责任”两个字，刘杰部长曾说过，“天下最重的东西莫过于责任”。“责任”“志气”重于泰山，就是对国家、对人民的责任感。这种责任感来源于对祖国和人民的深深的爱，爱得越深，责任心越强。

按原子弹研制的总体规划要求，要在 1964 年上半年拿出铀核心部件。原公浦是从上海选调来的优秀车工，因为他的政治素质好、技术精湛，组织上决定他参加铀核部件的加工。从那时起整整半年时间，他用模拟部件在球面车床上反复进行加工训练，力求技术上精益求精，有时竟连续干 20 个小时，半年时间他瘦了十多公斤。当加工高浓缩铀部件任务下达后，他感到责任重大，更加全神贯注、精心操作。成品对光洁度要求极高，尺寸要求极为严格。特别是最后三刀，每进一刀都由专人测量检验，经技术负责人批准，再进一刀。三刀过后，产品全部达到设计标准，完成铀核心部件的加工任务。以后，大伙儿亲切地称他为“原三刀”，他也风趣地说：“我姓原，原子弹的原。看来我命中注定与原子弹有缘。”

责任心的强弱是衡量职工素质优劣的基本标准。对责任的认知是职工觉悟的表现。责任是一种巨大的力量，是决定工作成败的关键，“敬业胜于能力”。

对核工业人来说，把责任重于一切作为衡量素质的标准、做人的原则，既是传承历史的必然，又是完成现实任务的必需。

要完成集团发展的战略目标，关键是要有一批具有强烈责任心、精益求精的执行者。过去我们靠核工业人的事业心、责任心铸就了事业的辉煌，要取得未来的成功，同样要靠核工业人的执着和责任心。

另外，责任、责任制同样是现代管理的核心，现代的全面质量管理、质保体系与传统质量检查制的重要差别在于责任可以追溯。有句著名的广告词：科技是品质的源泉，责任是品质的保证，品质改变世界。

3. 严细融入一切

严格细致是核工业多年来形成的优良传统，是融入一切活动、每个环节的良好作风。严细就是管理要严、工作要细，真正做到“严、慎、细、实”。核无小事，核安全是核工业的生命线，“安全第一、质量第一”是核工业建设的最高行为准则。核工业60多年的发展历程，锤炼了核工业人严格细致、一丝不苟、尊重科学、扎实认真的好作风，缔造了核安全文化的原型，并在核电工程中得到提升。核工业人把以人为本的管理与规范化、程序化、信息化的运作结合起来，取得了卓越的成绩。

回顾第一次创业，确实是严细成风。这是一点也不夸张的，而且形成了制度化，成为职工的一种工作习惯。如工作前有操作票、许可证，关键指令复诵传递，重要操作有监护，严格书面记录、书面交接。安全上强调“小题大做”，经常开展安全交流活动。这和安全文化要求的工作方法——弄懂工作程序、按程序办事、对意外情况保持警惕、谨慎小心地工作、切忌贪图省事、向他人传送信息、汇报工作结果并做书面记录等，十分相似。

严细作风在学术上的表现就是仔细缜密，一丝不苟。

邓稼先和十来个年轻人曾经为了计算一个对原子弹理论设计有着重要作用的参数，进行了九次重复计算。而当时计算的条件十分简陋，没有电子计算机，只有几台台式机械计算机。那单调、机械的动作，每个人都要重复千万次。此外，还要把得出的数据画在比桌面还大的图表上，一次要填几万个。由于工作量大，忙的时候，需要三班人轮换着计算、画图、分析，昼夜不停地工作。直到周光召提出一个新的论证原理，从理论上论证了计算结果正确，从而以严谨的计算推翻了苏联的原有结论，解决了我国原子弹试验中的关键性难题。

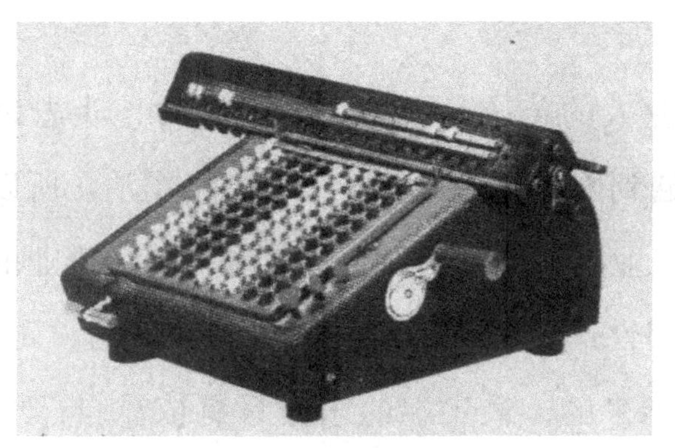

“九次计算”用过的手摇计算机

有一本畅销书叫《细节决定成败》（汪中求著），书中说到“成功取决于系统，差错发生在细节”。书中还说：“一个不经意的细节，往往能够反映出一个人深层次的修养。”这在高层领导中，反映更加明显。

60多年前，周总理出访印度尼西亚参加万隆会议。当时印度尼西亚华侨非常想见周总理，千方百计寻找机会。一次，周总理外出活动，华侨等候在马路两旁。不巧，天空下起大雨，周围的礼宾人员就给总理打伞，总理轻轻地把伞推开，淋着雨和老华侨一一握手，华侨们无不感动得流下眼泪，深感祖国的温暖。

4. 进取成就一切

进取，就是不断突破，就是积极探索、奋发向上、孜孜以求、永不言休的精神状态，就是要敏锐地捕捉机会，利用一切有利条件，强化“争、抢、抓”意识，抢抓机遇，加快发展。

核工业人的传统是：在任务来临时，斗志昂扬、艰苦奋斗；在遇到困难时，振奋精神，励精图治。所以，“进取”是推动核工业发展的动力，是成就我们伟大事业的关键。核工业是战略性产业，是尖端技术。凡属新的、先进的技术，是花钱买不来的，最尖端的东西只有依靠自己组织力量开发。唯有以只争朝夕的精神，依靠自主创新，千方百计，开拓进取，才能成就我们的事业。

所以“进取”包含着“不断突破”和“开拓创新”双重涵义，而进取的核心是创新。

“只争朝夕、积极进取”可以说也是核工业的老传统之一。回顾历史，我们有很多工程项目、工程节点、科研攻关，在当时看来难以办成，很难实现。但我们千方百计，创造条件，齐心努力，结果我们捧杯夺冠，圆满实现初衷目标。

第一次创业中，铀浓缩工程项目未列入中苏两国合作清单。谈判前夕，刘杰得到一份资料，说美国建设一个日产 5 公斤的铀浓缩厂，投资只需 5 亿美元。他想，如果真是这样的话，我们是不是也可以建啊？此时，已来不及请示，更改不了清单。谈判过程中，刘杰提出中国也要建铀浓缩厂。开始苏方予以否定。但在随后谈判中，苏方介绍，生产堆后料中铀–235 的丰度还有 0.6% 左右，用堆后料作供料制取浓缩铀，可充分利用铀资源。我方据此向苏方力争，后来苏方表示可以考虑。大家喜出望外，立即赶到驻苏使馆向周总理电话请示，总理指示："先接受下来，回国再研究。"

我国第一座铀浓缩厂的建成投产也是"进取成就一切"精神的真实写照。当时以王介福为代表的兰州铀浓缩厂领导狠抓了三件大事：一是把主工艺厂房抢建上去；二是把苏联的扩散机等全部设备运进来；三是把专家的技术拿到手。

1959 年 6 月，苏联发出撤走专家的信号，可是当时厂房还没有建成。按专家估计最快也要到 1960 年才能建成。王介福组织了最大力量，经过 60 个日日夜夜的奋战，主工艺厂房于当年 12 月 18 日抢建上去。但苏联专家提出厂房清洁度不合格，至少还要有 1 个月时间才能安装主机。于是，厂里组织 1400 人连续几昼夜在厂房搞清洁卫生，把整个厂房用白布擦得一尘不染。当苏联专家再进现场一看，立刻伸出大拇指说："我算服了你们，你们都是魔术师，像变戏法一样。”随即派出分管设备的专家专程回苏联，将主机、设备全部运来。与此同时，王介福组织技术人员，善待苏联专家，利用一切时机，采取多种方式与专家交朋友，提出要用“挤牛奶”精神把专家的技术、经验、资料挤出来、拿到手。专家撤走后，王介福亲自起草工厂建设应变的九条措施，全面开展自力更生、过技术关，坚持一切经过试验、连续攻克157个技术难关，终于掌握了核心技术。

研制原子弹两年规划的实现，可以说是一个奇迹。1962年扩散厂刚开始“成批热处理”，机器投料后能否正常运转，工艺参数、“五大连续”“五大保证”能否达标都还是未知数，核工业人胸怀全局，脚踏实地，一项一项突破，一环一环打通，终于在1964年1月14日拿出了产品。毛主席为此批示：“很好”。在武器试验方面，1963年12月24日取得爆轰试验成功。周总理为这两件大事批示：“庆贺他们提前完成关键性的生产和解决了关键性的技术试验。”

核工业第二次创业初始阶段，当时国内核工业市场很小。因此，千方百计向第三世界拓展和平利用核能市场。中国与阿尔及利亚核能合作始于1983年，后来阿方提出希望帮助建设研究反应堆。阿在外交上是我国的老朋友，但也是当时美国的眼中钉。因此，中阿核能合作在国际上十分敏感。当时，有领导劝我们：“这个烫手的钱不要去赚了。”后来，正遇国务委员张劲夫访阿机会，得到他的支持，并说："不行，我找邓小平。"经过各方努力，最后圆满地完成了首次对外核工程建设。随后的中巴（巴基斯坦）、中加（加拿大）等核能合作项目，都是历经千辛万苦，才搞成功。

所以，进取是一种工作激情，是对自己和团队能力的科学预测，是吸纳一切可以争取的资源为我所有，为我所用。就是看准了就抓住它，直到把它搞上去。

以上讲的大多是表现为条件不十分成熟，经千方百计创造条件取得了成功。进取的另一种表现是，前人没有干过的，通过开拓创新取得成功。

应该说，自主创新是核工业发展的灵魂，是核工业建设的重要方针。

第一次创业——自力更生为主，争取外援为辅；

第二次创业——以我为主，中外合作；

新世纪，新阶段——自主创新，加快发展。

回顾核工业三个发展时期，自主创新始终贯穿着核事业发展的全过程。铀矿地质、铀矿冶、核燃料、核军工、核电等各项事业、产业的广大研制工作者充分发挥聪明才智，敢于创新、善于创新。他们攻破了几千个重大的技术难关，研制出几十万台仪表设备，技术革新、科研硕果累累，从核工业系统走出了60多位两院院士。特别是氢弹和核潜艇研制，可以说是完全自主研究探索的重大成果。新时期，在发展第三代核电上又取得重大突破。这些创新型的技术突破和产业化，是国家实体经济的重要支撑和技术基础。

（二）核工业精神的巨大作用，必将进一步推动核工业的发展

中核集团和中核建设集团两个党组将核工业精神概括为“四个一切”的表述发布后，得到中央党报、党刊的首肯。各成员单位、各级干部、广大职工反响强烈，引起广泛共鸣。核工业精神既体现着自强不息的民族精神，又反映出无私奉献的社会主义价值观，既与传统文化中以天下为己任的理念一脉相承，又与拼搏争胜的时代精神相符，因而具有强大的生命力和发散效应。

（1）核工业精神是集团公司加快发展的巨大推动力、感召力、凝聚力，是实现集团公司战略目标的强大执行力。

（2）核工业精神在企业管理和经营活动中，是与经济手段、行政手段相辅相成、和谐运用的文化手段。

（3）核工业精神在集团成员单位中，是牢固树立大集团意识的文化纽带。

（4）核工业精神是员工的行为规范、自律镜子、动力源泉，在员工队伍建设上起到导向性、约束性和标尺性的功能。

北京人民大会堂“传承核工业精神 再创新的辉煌”报告会

传承“两弹一星”精神、核工业精神（2007.9.10）

四、对核工业精神的理解与感悟

核工业精神博大精深，内涵十分丰富，要在理论和实践结合上加深对核工业精神的理解，以把握其本质特征，去感受几代核工业人的精神风貌。

（一）对核工业精神的理解

（1）核工业精神是一种文化。核工业精神具有历史的和内在的两大特征。是历史的——就是说核工业精神是一条河，不是一桶水。它是60多年创业史的积淀，不是一夜之间产生的。因此，弘扬核工业精神必须细水长流，千锤百炼。是内在的——就是说核工业精神是核工业人内在素质的表现，任何贴牌是贴不上去的。所以弘扬核工业精神，要在世界观、人生观、价值观教育下功夫。既然是内在的，也就是核工业所特有的，应充分开发这一宝贵的文化资源，采用多种形式来弘扬核工业精神。

（2）核工业精神是一种规范。核工业精神是行为规范、管理规范、无形的法规，由此引申出相应的制度、习惯、风格。

（3）核工业精神是一种群体品质。核工业精神是核工业职工群体的品质特征和群体气质的体现，是核工业职工共同打造的思想、观念、心态的集合，而不是仅仅为核工业中的先进分子所有。所以，弘扬核工业精神，是所有员工的努力方向。

（二）对核工业精神的感悟

（1）核工业精神是镜子、是动力、是激情，是行为准则，是核工业人毕生的追求。

（2）核工业精神是人生精华的浓缩与总结。

（3）有句经典的歌词是："母亲只生我的身，党的光辉照我心"。相对于核工业人而言："四个一切"给我添了神，核工业精神是驱动行为的"软件"。

（4）核工业精神是在新时期开辟新征程、走向新胜利的宝贵精神财富。

五、核工业精神的弘扬与落实

核工业精神是核工业企业文化的核心层。要弘扬与落实核工业精神，就要深入持久地推进核工业企业文化的建设，进而从整体上促进企业管理水平。

（一）提高对企业文化重要性的认识，摆正企业文化在企业管理中的位子

企业与文化的关系是"体"与"魂"的关系，文化要有企业这一物质载体来支撑，企业的发展更需要先进的文化来推动。企业文化是企业新的生产力资源，所以也称企业文化力。在全球经济一体化的进程中，企业的资金、技术、专利、先进设备都能在全球范围内流动，可以在全球范围内采购或转让，唯一不能转让的是具有自己特点的企业文化以

及企业职工的文化技术素质。从这个意义上说，今后企业的竞争不是一般意义上的产品竞争、市场竞争、技术竞争、标准竞争，最终将是人才的竞争、文化的竞争。一个企业有无发展潜力，主要看这个企业人才体系有无优势、企业文化有无优势。所以，企业文化对企业发展至关重要。关键是要提高和统一企业领导层对企业文化的认识。因为，企业文化既是全体职工的文化，更是企业家的文化，企业文化建设是企业"一把手"工程。注重企业文化建设的"一把手"是高明的企业家。从"四个一切"的内涵上说，也是与企业家的天性完全一致的。在英文中"进取"（Enterprising）、"事业"（Enterprise）与企业家（Enterpriser）是同一字根，可见这是普世共识。

为什么说抓企业文化建设是高明的企业家呢？因为他着眼于四个方面：一是企业凝聚力（人力资源）；二是思想动力（智力支持）；三是执行力到位（落实规划不走样）；四是员工素质、作风、优良习惯的建立。这样就抓住了企业管理和发展的"牛鼻子"。

国资委《关于加强中央企业文化建设的指导意见》指出：先进的企业文化是企业持续发展的精神支柱和动力源泉，是企业核心竞争力的重要组成部分。建设先进的企业文化，是加强党的执政能力建设，大力发展社会主义先进文化、构建社会主义和谐社会的重要组成部分；是企业深化改革、加快发展、做强做大的迫切需求；是发挥党的政治优势、建设高素质员工队伍、促进人的全面发展的必然选择；是企业提高管理水平、增强凝聚力和打造核心竞争力的战略举措。

再从世界企业管理发展的历史看企业文化的重要性。

（1）从企业管理发展阶段看：从世界范围来分析，企业管理大体经历了三个阶段：1769—1910 年为经验管理阶段，以第一家现代企业在英国诞生为起点，其特点是“人治”，即主要靠经营者个人的直觉和经验进行决策和管理；1911—1980 年为科学管理阶段，以美国的泰勒发表《科学管理原理》为标志，其特点是“法制”，即主要靠科学的制度体系实现高效率；1981 年以来，进入了文化管理阶段，以美国的泰伦斯·迪尔和艾伦·肯尼迪发表《企业文化》为标志，其特点是“文治”，即靠企业文化建设带动企业经营管理达到更高的境界。

（2）从企业管理发展年代看：20 世纪初，没有企业文化概念，把劳动者当做机器的附属物，搞标准操作；40 年代，行为科学进入企业管理，开始强调人的精神作用；60 年代企业管理的中心主题——人力资源理论；70 年代企业管理的中心主题——经营战略；80 年代企业管理的中心主题——

公司文化。1981年4月美国管理学者威廉·大内首先提出企业文化概念，他在《Z理论——美国企业界怎样迎接日本的挑战》一书中指出："一个公司的文化由其传统和风气所构成。此外，文化包含一个公司的价值观，如进取性、守势、灵活性，即确定活动、意见和行动模式的价值观，经理们从雇员们的行为中提炼出这种模式，并把它传达给后代工人。"1981年7月，美国的泰伦斯·迪尔和艾伦·肯尼迪发表了企业文化理论的标志性著作——《企业文化》，引起了世界的关注。

（二）抓典型人和事的宣传，抓身边的核工业精神宣传

倡导"四个一切"的核工业精神并不只是专业人员的事，并非只有研制原子弹的、建设核电站的员工才有事业、责任可谈。

环顾周围，无论是行政保障或是生活后勤部门，都有许多活生生的核工业精神的表现。他们的精神贵在把一份常人认为不显眼的工作当做事业来干。把这些小事视为沉甸甸的责任，处处高标准、严要求，通过动脑筋，想办法，把难以办到的事，办得使人格外满意。在他们那里，事业、责任、严细、进取、创新都有了，因而得到大家的赞扬、尊重、认

可。他们不嫌弃自己从事的服务性工作，而是将其看作大事业中的一部分。

抓好身边核工业精神的宣传，就会形成一个团结向上，做光荣的、自豪的核工业人的氛围。

（三）宣传核工业精神，要务实，重在实践

宣传核工业精神，要求真务实，重实际、求实效，防止言行脱节，反对形式主义，也要避免急功近利。有位老同志说“四个一切”精神很好，传承了历史，感到振奋、有劲、有鼓动力，但一些实际工作得跟上去。企业文化是从企业管理理论和实践中发展起来的，推进企业文化也要回归、服务于企业管理，建立制度、程序以及反馈、纠错的机制与体制。

只有回到自我，切实做到从我做起，从身边事做起，才能真正做到让核工业精神践行在我们的每一天，体现在我们的每一件工作中，闪耀在我们每个人身上。

兴核强企　文化先行

文化是民族的血脉，是人民的精神家园。在当今世界大变革、大调整的历史时期，文化在综合国力竞争中的地位和作用更加凸显，增强国家文化软实力，增强中华文化国际影响力的要求更加紧迫。

21世纪，尽管我们的经济创造了惊人的成就，精神文明和各项文化事业取得长足进步，但文化领域面临的挑战也是前所未有的。英国前首相撒切尔夫人曾说过这样一句耐人寻味的话：“一个只能出口电视机而不是思想观念的国家，成不了世界大国。”她对当时中国的这一评论，听上去是非常刺激、刺耳的，但同时也是发人深思的。

中国的崛起曾被称为“21世纪最激动人心的大事”。这种崛起，不能只是物质财富的剧增、经济格局的重塑，而应伴随社会主义价值体系的传播、中华文化的弘扬；在国际舞台上，使中国的话语权和主动权更加彰显。就核行业而言，我国核电正在规模化、多元化发展，无论是核电企业，还是核电供应商，以及整个核工业系统都呈现出一派欣欣向荣的局面，但要永葆核电青春、确保核工业高效安全持久发展，必须在改进、改善技术和管理的同时，下大力气强化企业文化建设，用先进文化引领我们的发展和职工队伍建设，适时调整发展思路、加速转型。在经济全球化的今天，企业的发展比任何时候更需要文化的支持。“兴核强企”是我们共同的愿望和愿景，要实现这个愿景，必须文化先行。

一、核文化的本质与表现

我们研讨核文化，必须对“文化”的概念有一全面的认识和准确的把握。

文化一词，在西方出自拉丁文 cultuya，原意指耕作、培养、教育，发展出来的事物，即由人造出来的事物，它是与自然存在的事物相对的。在我国，文化这个词，最早出现在《周易·贲》中，原文为：“观乎天文，以察时变；观乎人文，以化成天下。”意思是：统治者通过观察天象，可以了解时序的变化；通过观察人类社会的各种现象，可以用教育感化手段来治理天下。最早给“文化”下定义的，要算英国人类学家爱·伯·泰勒（《原始文化》1871 年）。他说：“文化是包括知识、信仰、艺术、道德、法律、习俗和任何人作为一名社会成员而获得的能力和习惯在内的复杂整体。”现代社会对文化的概念通常表达为：文化就是在历史上一定的物质资料生产方式的基础上，发生和发展的社会精神生活形式的总和。概括起来，我对“文化”的理解是：文化源于历史和社会，用于感化和教育，思想作品是它的凝聚态。

“文化”两个字，说到底就是“人化”。在金文中，“文”这个字的写法是：

表达的是一个人的形体。意思是有人、有心、就有文化。“文”就是人文，“化”就是感化。什么样的人，就有什么样的文化。我国核工业始于国防军工，属于高科技产业，所以，核文化的本质可概括为两条本征线。一条是核军工文化，就是以强军报国为己任，以兴核强国为追求，表现出强烈的人民性、民族性和战斗性。另一条就是以现代科学为基础的理工文化，即以严格、细致、准确为行为准则，表现出高度的科学性、严密性和准确性。这正是“四个一切”核工业精神所反映的：事业、责任大于天，严细、进取记心间。

这种先进的优秀的核文化、核工业精神，在第一代核的创业者和第二代核的传人中，表现尤为突出。以钱三强、王淦昌、邓稼先以及刘杰、李觉等为代表的老一辈科学家和领导干部，可谓核工业的创业一代。他们大多出生在20世纪初，处在甲午战争后东、西方列强加紧瓜分中国的风潮中。到了求学年代，中华民族更是处在水深火热、苦难深重的军阀混战年代。面对多灾多难、战火不断、内忧外患的祖国，为了今后不再受强盗们的欺凌和压迫，他们自觉追寻科学救国、科学强国的奋斗道路或者直接投身革命队伍。为了实现科学强国的愿求，他们远涉重洋，留学欧美。为了我们国家拥有核武器，朱光亚院士在美国留学期间选择了核物理专业。他们学成后，毅然放弃国外优厚的工作生活待遇，突破重重阻挠，回归祖国。为了决计回国，郭永怀院士在美国当众焚烧了珍贵的科学手稿。为了核事业，他在空难时生命的最后关头，将自己的身体与警卫员抱在一起，保存了珍贵的数据资料。像王淦昌、彭桓武等这些才华横溢、享誉世界的科学家回国后，不惜隐姓埋名，以身许国。邓稼先院士严守事业保密，连自己的岳父、全国人大常委会副委员长许德珩都不知道女婿是干什么的。他们对核事业如此赤胆忠心，如此执著，如此投入，如此痴情，正是源于从鸦片战争开始特别是甲午战争以后西方列强侵略中国的近代史。

核事业的第二代传人，以张同星（当年核部件铸造组长）、徐銤为代表，他们出生、求学于抗日战争前后。徐銤的父亲是搞化学的，为了逃避被日本人抓去做炸药，伪装两手发抖，不能做试验，转教数学。高考前，徐銤曾想到杭州大学学纺染专业，因为父亲说这个专业很容易转去做炸药，一旦国家有难，就可报效祖国。这代人亲眼目睹了日本强盗践踏中国领土，蹂躏我们的同胞，决计把深仇大恨化作对核事业的爱。自 1965 年开始，几十年来，徐銤院士始终坚守在快堆科研和工程第一线，把个人的命运与国家核科技事业紧密相连，历经艰辛、矢志不渝，为我国快堆事业和核能的持续发展作出了重要贡献。

所以，这种强烈的强军报国、兴核强企意愿是这两代人对核事业情结的渊源。

二、核文化的形成与发展

60多年来，我国核工业在创业征途中，既创造了举世瞩目的业绩，也积淀了丰厚的文化底蕴和精神财富，集中表现在“两弹一星”精神和“四个一切”的核工业精神。

核文化的形成和发展，反映出两个方面的内涵。一是核文化的形成和发展是历史铸就的；二是核文化的形成和发展是国家铸就的。

核工业文化研讨会2012年8月在沈阳召开

（一）核文化是核工业两次创业的结晶

文化离不开历史，我们重温核工业半个世纪的创业史，可加深对核文化的理解。

“欲知大道，必先为史”。那么我国核工业三个阶段的发展历史告诉我们什么大道呢？这就是伟大的事业产生伟大的精神，伟大的精神推动伟大的事业。

核工业第一次创业，国家集聚各方英才与骨干，进军戈壁荒原，克服了苏联专家撤离和国内经济困难的两大难关，发扬自主开拓，奋发进取的精神，仅用九年多时间研制成功我国第一颗原子弹。首次核爆后，又在短短的七年中，完成了我国第一颗氢弹的研制、核潜艇下水、军用生产堆及后处理钚生产线建成，并建成新的核燃料、核武器基地，形成了完整的、安全可靠的核燃料循环体系和核武器研制系统。

核工业第二次创业，在民品尚未开发、军品大幅度压缩、经济处于极端困难的情况下，发扬“两弹一星”和核工业精神，艰苦奋斗，坚守核事业，努力开发民用核事业和国外核市场，建成民用核燃料新体系，出色完成核电示范和核电站的批量发展，形成了努力为国民经济和人民生活服务的“军民结合、以核为主”的新体系。

21 世纪，核工业进入新阶段，以更宽广的视野开拓创新，使核工业又好又快安全发展。时间虽短，但无论是兴核强企，还是企业文化建设都有新的发展、新的突破。最本质的突破是核工业从研制、示范到工业化生产、市场化运作。

（二）核文化是国家力量的凝聚

我国核工业发展不仅在经济上、人力资源上得到国家全力支持，而且核文化建设也是党和国家领导人亲自培育的。

中央把沉甸甸的责任交给核工业人，从而形成事业高于一切、责任重于一切的价值观。当在广西发现铀矿后向毛主席、周总理汇报时，毛主席嘱咐刘杰部长：这是决定命运的事哟，要好好干呀！周总理也说过：核工业的几个厂子是全国人民最高利益所在，是世界人民利益所在。

中央告诫核工业人，自主创新要与学习继承相结合，奋发进取要与科学作风相结合，从而形成进取成就一切的民族自强品格。毛主席在技术革新运动中，针对学习掌握苏联设备、技术与革新改造关系说："要先学楷书，再写草书"，"要破除迷信，打倒贾桂！"

中央谆谆嘱咐核工业人要培养良好的职业操守和严细作风，从而形成严细融入一切的行为准则。周总理的三个十六字令，至今仍然是核工业人的座右铭。这三个十六字令是："实事求是，循序而进，坚持不懈，戒骄戒躁"；"严肃认真，周到细致，稳妥可靠，万无一失"；"充分准备，一丝不苟，万无一失，一次成功。”

三、提高对核文化的自信心与自觉心

（一）进一步增强对核文化的自信心

文化自信是指我们对自身文化价值的充分肯定和对自身文化发展的坚定信心。

核工业自创业开始就在中央直接领导下，紧张而有序地进行，坚持生产建设、科研攻关和思想政治工作一起抓，坚持精神文明和物质文明一起抓。特别是上世纪 80 年代以来，从“神剑”学会文化活动到核军工史志编写，从创办《中国核工业报》《中国核工业》杂志和创办中核网到企业文化建设，从《秘密历程》《核科学家的足迹》到《国之光荣》《走过五十年》等书的出版，广泛深入地对优秀人物、先进思想、创业故事、核工业精神进行宣传和凝练，取得了丰硕的文化成果。企业文化也由企业形象标识规范，深入到企业精神文化、制度文化、安全文化和企业形象文化，全方位得到提升。

在此，笔者把中央领导和中核集团党组领导对核文化、核工业精神的肯定、论述和要求作一下系统的梳理。

在十七届六中全会上，中核集团领导就央企在文化建设上所发挥的作用作了发言，引起了在场的中央领导李长春和刘延东同志的关注。李长春对央企企业文化和军工精神给予充分肯定；刘延东提出要积极宣传科技创新人员的事迹，传播军工精神，在全社会起到激励和树立榜样的作用。

2010 年 7 月，中央领导张德江同志在视察酒泉原子能联合企业时指出：要认真总结“中核精神”并发扬光大。在庆祝核工业创建 55 周年会上，他再次强调：“四个一切”精神，不仅是核工业的精神，也是我们党的精神，我们国家的精神，我们民族的精神。

在庆祝建党 90 周年大会上，中核集团党组总结了四条经验：坚持党的正确领导是核工业战胜困难、应对挑战的根本保证；坚持自主创新是核工业发展的灵魂和持续发展的根本所在；坚持“四个一切”精神是核工业发展特有的动力源泉；坚持调整改革是新时期核工业发展的正确方向。并强调指出：“四个一切”核工业精神，体现了爱党、爱国、爱核工业三位一体，体现了我们核工业人的铮铮风骨和傲人品格。这种精神贯穿于整个核工业发展历程，激励着一代代核工业人献身核工业事业，是核工业永恒的精神财富，也是核工业持续发展的强大动力。

（二）进一步提高对核文化的自觉性

文化自觉主要是指我们在文化上的觉悟和觉醒，以及对文化的地位作用、发展规律和建设使命的深刻认识和准确把握。

1. 从“人治”“法治”到“文治”是兴核强企的必由之路

在讲述我国核工业发展历程时，我把核工业企业化发展作为第二次创业的标志之一。从世界范围来说，有限责任股份公司创立的250年中，创造了人类97%的财富。所以有人说，有限责任股份制的建立，对人类的贡献，不亚于蒸汽机和电动机的发明。在这二百多年中，从管理上讲经历了三个发展阶段。

第一阶段，1769—1910年经验管理阶段，即主要靠经营者个人的直觉和经验进行决策和管理，其特点是“人治”。

1911年，泰罗发表了《科学管理原理》，成为世界上第一本工业生产组织管理的专著，由此开创了工时定额、计件工资等一系列科学管理和培训员工的方法，建立了职能组织、实行管理专业化，使企业管理跨进了科学管理阶段，其特点是“法治”，即主要靠科学的制度体系来实现高效率。

1981年，威廉·大内撰写了《Z理论——美国企业界怎样迎接日本的挑战》，提出了“企业文化”概念，由此弥补了靠法制、纪律、程序的刚性管理的不足，进入融入人心、强调人的修练的柔性管理新阶段，即靠企业文化建设带动企业经营管理达到更高的境界，其特点是“文治”。

纵观企业管理发展的历史，文化先行是兴核强企的必由之路。

2. 思维方式创新是“文化先行”的当务之急

中核集团时任党组书记孙勤同志曾指出：我们有很多思维定势和传统发展思路，一时很难抛弃。一定要以更加开阔的胸襟面对国内外潜在的合作伙伴，摒弃保守陈旧观念，包容不同意见，求同存异，拓宽合作途径、合作领域。回忆上世纪 80 年代，某中央领导胡耀邦同志在接见核工业 10 位专家时说过，你们二机部二楼住惯了，下楼很难。有一年，中影厂来集团公司，他们的导演兼总制片人感慨地说，接触核工业上上下下，翻阅核工业前前后后，两条感受十分突出：一条是“屡见伟大”，无论是核工业人和事，都为国家、为民族作了贡献；另一条是，核工业系统对“市场”、对“文化”的理念滞后了。所以，无论从哪一角度讲，提高文化自觉性，着力调整思维方式是我们“兴核强企，文化先行”的当务之急。为此：①要由单一的思维转变为多项性、多路性、多元化的思维方式；②要由习惯性、常规性思维方式转变为求异性、超常规的思维方式。

在新的历史时期，文化自觉就是要在坚持以经济建设为中心的同时，自觉把文化繁荣作为坚持发展是硬道理的重要内容来贯彻落实。切实加强加快核工业文化建设，保留保护核文化遗产，挖掘提炼核文化原始素材，追忆抢救濒临失传的故事，整理创作核文化产品，并为此作出更大的贡献。

厂风依旧　推陈出新

金秋时光，我回到了阔别28年的老厂——兰州铀浓缩有限公司（以下称兰铀公司）。我在这里工作了22年，可以说这是我成长、成熟、成家的地方，是我日后成事、成人的基石，也是我人生第一个大舞台。感恩之心、怀旧之情交融在一起，真是一辈子忘不了她。

为了确保安全，在通向厂区的黄河老铁桥旁边，正在架设一座新桥，今后与通往西域的“道口立交”交相辉映，定会给这座年过五旬的核园增添新的景色。而给我印象最深的却是另一道风景线——厂风依旧。那上世纪五六十年代孕育形成的“艰苦创业，爱惜人才，崇尚文化，干群和谐”的厂风依旧回荡在母亲河边。他们把党和人民的关怀与重托，中央领导的指示、批示，牢牢记在心里。这是工厂发展的动力和能量所在。

素朴之风

在办公楼里，朱纪总经理向我们介绍了工厂发展的概况。这座上世纪60年代建起的办公楼依旧坐落在郁郁葱葱的枣树林中，而不同以往的是已被粉刷一新。如今产量翻了几番的兰铀公司，厂部还在那儿办公，还在那儿接待客人，包括中央领导。游子归来，相比之下，似乎感觉有点小，有点不够时尚，但却格外亲切，仿佛又回到了当年参加的厂务会、办公会、调度会等。会议室的一边是行政领导办公室，另一边是技术与管理的参谋部。兰铀人半开玩笑地说：“办公空间小了，职工活动地方就大了，干部之间的距离就小了，说话办事显得更方便、更快捷，效率也就更高了。”这番话深深打动了我的心。可不是吗？他们在福利区建起了大广场，清晨，职工三五成群在那儿晨练、跳舞，午后，一群群老职工在长廊中下棋，旱冰场、俱乐部环绕其中。

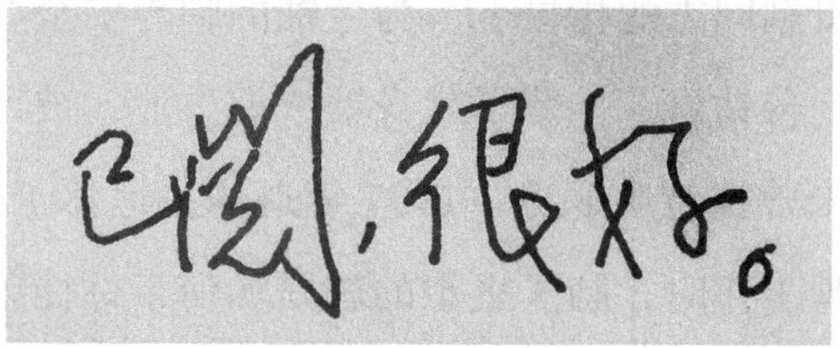

1964 年 1 月 18 日 毛泽东主席在二机部党组关于兰铀公司首次取得合格产品的报告上批示

中午，我们在职工食堂就餐，想能与更多的职工零距离地接触。不料，因参观厂区耽误了时间，食堂里的几位炊事员一直在等侯着我们。我们千谢万谢，说让你们久等了，影响了你们的休息，他们连声说：“没事，没事，平时厂领导和一些加班的职工也经常这个时候来。”这时我才得知厂领导每天和职工一起排队就餐。于是，我对办公室陈主任说：“你可要把热菜、热饭留好，否则厂领导和一些骨干职工老吃凉的、剩的，他们的身体垮了，我们工厂怎么谋发展啊！”

惜才之风

在同生产一线的领导和职工进行的座谈会上，我围绕核工业创业故事做了发言。会后，我去看望了几位老同事、老领导。首先见到的是我的老校友周济人。他是兰铀临界安全第一人，曾在著名科学家彭桓武院士、黄祖洽院士、阮可强院士和施贵勤同志的指导下，为兰铀的临界安全立下了汗马功劳。他刻苦钻研、一辈子献身铀浓缩事业，被评为研究员级高工，未曾挂行政职务。1997 年退休，退休工资 850 元。当时他返聘工作时，脑子里想的就是如何带好徒弟，至于退休金，只觉得将来能升到 1 000 元以上就行了。他的心始终是那样平和。当然，兰铀公司始终保持着建厂初期的老传统——惜才如命，把技术人才当作掌上明珠，优先照顾。那年分配住房时，除厂领导之外，首先请他挑选住房。现在他住着一百多平方米的房子非常满足，对事业、对生活充满信心。

我在访问中曾问道：“现在欢迎新大学生还是像以前那样领导班子全都到场吗？”他们说：“还是那样，不仅如此，我们还新盖了大学生公寓。这两年事业飞速发展，兰铀公司迎来了不少重点大学包括清华的学生。”半个多世纪过去了，兰铀公司昔日的专家楼、技术楼已经不复存在了，但重视人才、爱惜人才的厂风依然洋溢在工厂的上上下下。

接着又见到的是刘晓波。他曾成功提取了共和国第一瓶高浓铀产品。热情问候后，他送给我两本书，一本是收编了他创作的330首诗的《诗集》，另一本是他的《往事回顾》。他边翻边说："这里面还提到了你呢！"原来就是李鹏总理来厂那一年，中核总机关和兰铀公司上下为争取新项目而开展工作的情况。我感谢他不忘旧情，也敬佩他退休后还不辞辛劳地把这些有价值的材料整理后写下来。

和谐之风

走进俱乐部，工会张继文主席送我一本《兰铀公司职工美术书法摄影作品集》，其中美术作品既有浓笔重彩的工笔花鸟又有干湿浓淡的写意山水；书法作品既有结构稳健的楷隶，又有线条流畅的行草；摄影作品真实反映了大西北美丽山川和民族风情，不少作品都参加过全国、甘肃省书画摄影展，并多次获奖，原党委书记徐河聚的篆刻作品更是名扬金城。张主席向我介绍，这些年来，兰铀公司职工还开展了采集黄河奇石活动，有的收藏了非常精美昂贵的奇石，有的被推选为地区奇石珍品。这些都充分显示了职工文化生活不断推陈出新。在这样的氛围中，工厂的企业文化深入人心。

"四个一切"的核工业精神悬挂在人流密集的俱乐部房顶上，落实在职工的行动中，作为兰铀公司企业文化的起点和源泉。这也让我从中看到了兰铀公司崇尚文化、人才济济的风貌。

从工会主席那儿，我还了解到兰铀公司的民主管理、干群关系搞得也很好，称得上"干群和谐、家庭和睦"。他向我介绍了厂里"三刘一靳"（职工刘红梅、刘彩萍、刘玉萍

悠悠岁月　永不止息（工厂周边的黄河水车）

和厂街道办靳玉梅）好媳妇的故事。其中的刘玉萍曾说："爱别人就是爱自己，尊敬老人就是尊敬自己。"这话说得既有哲理，又使我脑海中立即映现出一副和谐的图景，那就是"上班是个好职工，回家是个好儿女"，而这也是兰铀人的写照吧。

在兰州市，我们还看望了老厂长谷镇山。他曾是原二机部副部长袁成隆的秘书。促膝而谈，我们回顾了核工业以及兰铀公司的创业史。他说袁部长调离核工业较早，所以年轻一代对他了解甚少。袁部长是实现原子弹爆炸两年规划的制定者之一，也是积极的推进者和实施者，为我国第一颗原子弹研制成功立下了汗马功劳。1961 年 1 月，他到兰铀公司长期蹲点，并摸清了"家底"。通过调研，他对气体扩散厂的工作特点和运行规律进行了总结，概括为"五性""五度""五大连续""五大保证"，使后来者能顺应特点，掌握要领，为顺利投产、保证安全打下了基础。

对这段历史的回顾，使我感悟到，当我们事业取得成功的时候，千万不要忘了当初的开拓者和建设者。正如首任厂长王介福所说："兰铀工程的建成，即使是为工程搬运过物料的小毛驴，也要给它戴红花。"

核工业军转民的政策『智库』

新型智力机构的建立

我国核工业系统的软科学研究最早落户于核工业情报所。20世纪80年代，核工业部开始筹建政策研究专门机构。当时的大背景是十一届三中全会以后，党的工作重点转向经济建设，新一届国家领导班子的工作方法也发生转变，由过去依靠秘书班子转为更多的依靠思想库（Think Tank）出谋划策。中央先后成立了国务院发展研究中心、农村政策研究中心等机构。

1984年8月，核工业部党组为了适应军转民的新形势，决定建立科学决策咨询体系，成立核工业发展研究中心。主要任务有三个：一是对核工业改革发展、调整转民的重大问题进行调查研究、系统分析，提出改革发展的思路和建议；二是参与核工业方针、政策、法规的制定；三是起草政策性报告。这个中心的定位：一是日常政务的参谋机构；二是政策法规的管理机构；三是决策咨询的研究机构。

时任部长蒋心雄曾经概括了成立研究中心的原由："核工业是国家的一条重要战线，靠一个人或少数部领导，领导好一条战线是困难的。特别是我们核工业部，搞尖端科研工作，综合性强，要求高，涉及面广，又面临第二次创业，所以必须依靠有关司局、基层单位，还要依靠参谋机构。我们有两种机构，一种是智力部门，一种是权力部门。搞一个冷班子，作为智力部门，做些政策研究工作，对搞好一条战线很重要。”按此思路，核工业部建立了核工业发展研究中心。当时的机构是5个研究室，即综合调研室、发展研究室、经营管理研究室、法规室、综合咨询室和一个内部刊物《核工业通讯》。

核工业软科学体系形成

1988年，核工业部组建为中国核工业总公司（以下简称中核总），发展研究中心改为政策研究室（以下简称政研室），同时成立了研究机构——核工业经济研究所（后改名为核工业经济研究中心）。经济研究中心后来的机构是4个研究室，即规划研究室、经营与发展研究室、体制与管理研究室和核电经济研究室，1个杂志《中国核工业》，外加管理机构。

2002年，经济研究中心和核情报研究所重新组合成立了中国核科技信息与经济研究院，进一步加强了软科学研究力量。2013年，中核集团技术经济总院揭牌成立，一个核工业软科学的体系形成。2016年5月，央企智库联盟成立，中核集团当选联盟副理事长单位，技术经济总院当选为副秘书长单位。

政策研究室、核工业经济研究中心以及中核技术经济总院为核工业部、中核总、中核集团公司“九五”“十五”“十一五”等中长期发展战略研究和规划的制定提供了大量定性、定量的分析，做了大量有效的工作。在发展政策、体制改革、经济运行等方面，有力地支持了政府相关部门和集团公司的工作，并在核工业管理体制、我国能源结构调整与优化研究、先进反应堆发展战略研究，以及核能与环境系统模型和风险分析等方面，提出了很多独特的思路和建议，被国家有关部门、集团公司采纳，并获得了多项科技奖。

做好决策前的调研和报告的起草

中国核工业军转民时期核电发展有三次大的突破。第一次是 1986 年核电起步的突破；第二次是 1987 年核电推向市场的突破；第三次是 1995 年确定“九五”核电小批量发展的突破。政研部门在核工业部、中核总领导下，通过调查研究、调研咨询与报告起草，为核电三次突破做了大量卓有成效的工作。

核电第一次突破是在 1986 年，我国核电方针发生转变。第一，容量从 60 万千瓦起步，在这个基础上搞 100 万或 120 万千瓦。第二，技术从以国外引进为主、合作建设、合作制造到中外合作，以我为主。第三，在建设地点上，从苏南起步改为从秦山起步。第四，在管理体制上，原来以水电部为主，转变为以核工业部为主。

这次突破实际上是1984年到1986年，在中央和核工业部的领导下，方方面面做了大量工作的结果。在此期间，核工业部的政研团队积极参与，发挥了应有的作用。第一次是在1984年2月，李鹏副总理到五〇四厂、四〇四厂调研解决核电配套的问题。因为当时提出核电是电力三大支柱之一，所以要研究发展核电、核燃料配套需要哪些方针政策。通过这次调研，最后确定“扩散过渡、离心方向”的发展方针，并确定核燃料配套资金20亿元。第二次是1986年1月，李鹏副总理到秦山调研。一方面了解秦山工程的有关问题，支持秦山核电更快发展；另一方面通过这次调研，对一些大政方针进行调整。1986年1月7日，李鹏副总理从秦山回到上海兴国宾馆，提出了一个大想法，把核电站交给核工业部建设。他说：“水电部整天水电、火电都忙不过来，根本没有时间研究核电发展。将核电站交给核工业部，30万员工的积极性就能都调动起来了。”每次国家领导人调研，核工业政研团队从提供资料到形成报告全过程参与，仔细地做了大量工作。

第二次突破是在1987年，开拓国外核电市场。因为当时国内核市场很小，产值很低，核工业要生存发展，急需开拓国际市场。但发达国家核技术比我们先进，所以只能面向第三世界开拓。从 1983 年开始，中国与阿尔及利亚开始核能合作。后来阿方提出来，希望建设一个研究反应堆。阿尔及利亚在外交上是我们的“老朋友”，同时也是美国的眼中钉，因此中阿核合作在国际上是相当敏感的问题。当时国务院有关领导认为，这个烫手的钱就不要去赚了。但为了解决核工业全局的困难，核工业部还是冒了险，没有放弃这项工作。核不扩散有个出口清单，明确了哪些可以出口，政研团队为此着重研究了这份清单。当时分管政研的领导是陈肇博副部长，他鼓励政研的同志要“死马当作活马医”。后来，通过各种渠道，中国与阿尔及利亚最后达成协议。在这个过程中，政研团队配合外事部门、中原公司、原子能院共同努力做了不少工作。这项工作还是很成功的，成就了两个第一：一个是高技术大型设备出口全国第一，另一个是单项技术出口合同金额全国第一。这为我们现在核电“走出去”奠定了基础，也锻炼了队伍。

第三次突破是在 1995 年，“九五”时期核电、核燃料有小批量的发展。中核总的实际工作是从 1990 年开始的，从两方面入手：一方面是从战略规划、发展政策入手，另一个是力争上项目。

1990 年春节过后，由钱三强、李觉、姜圣阶、王淦昌等著名科学家和老部长共同署名给江泽民总书记、李鹏总理写信，提出了关于核电发展的一些设想、解决资金的办法，包括具体的发展数量。当时提出，到上世纪末（2000年），建成600万千瓦核电；到2015年建成3 000万千瓦核电。这个报告内容中肯，方向准确，科学性较强。从现在看来，当年发展思路、资金的筹措等建议都具有可操作性，装机容量预测也比较准。中央对这一建议十分重视，李鹏亲笔复信，把核电纳入国民经济发展规划。

在项目上，力争上重水堆和五〇四厂离心机项目。国务院有关领导对重水堆项目原来不太赞成，曾批示：资金有限不能再开一种堆型，国务院组织过大论证，对此已经做过决定。当时中核总组团到加拿大考察，考察后经多次论证，综合分析了有利因素，包括同位素的生产等，最后国务院决定引进。五〇四厂离心机项目也是核工业集团政研智囊参与了调研和提供了资料后，促进了决策朝核工业有利的方向发展。

在用准、用活、用足政策上下功夫

当年中央几位领导对核工业发展非常关心，但国家财政情况并不是很好，包括外汇储备都十分有限，在资金上支持核工业发展有困难。所以采用优惠政策是一个好办法，只要提得准，容易操作的事项，他们一般都支持。

政研与计划、财务等部门一起做了大量工作，起草了很多报告。有代表性的有四项：

第一项是贡献油（超出计划外生产的部分）资金用于核电资本金的政策。秦山二期是1986年立项的，开工是1996年，相隔10年，迟迟不能开工主要是资金不到位。开始的办法是股份制，地方入股，当时地方有钱，但核工业没有钱。核工业的资本金怎么办？我们提出，将用于秦山一期的贡献油资金划转中核总作为秦山二期工程资本金。对此，时任副总理邹家华非常支持，他说："这个钱谁都不能动，应该用于核电。"

第二项是给秦山一期的优惠政策，免征产品税和增值税先征后返。秦山并网后，关键是要确保核电机组持久安全运行。靠这些政策来资助技改，保证了秦山安全运行的需要。

第三项是核工业军转民政策问题。改革开放后，核工业保军转民，克服了许多困难，离不开国家政策支持。1987年8月14日，国务院领导在北戴河开会确定，核工业军工企业用收购费养民，5年不变。当时，因为国务院秘书局不太熟悉核工业具体情况，蒋心雄部长自告奋勇，推荐政研室协助提供资料。

第四项是扩散厂的优惠电价。扩散厂是电老虎，电价事关重大。当时想尽办法申请电价优惠，后来定下来，扩散厂的电价按1985年电价不变。在“八五”“九五”期间，10年不变。1988年，政府又出台政策，征收电力建设资金（每千瓦时收两分钱），用于电网建设。对此，政研团队很敏感，政策一出来就研究并撰写报告，最后经努力申请，扩散厂电价争取到了非常优惠的政策。

居安思危，转危为机

居安思危，转危为机，是企业永葆青春的秘诀，也是一个成熟的企业的风格。只有研究危机、预防危机，才能避免危机。居安思危要注意以下几点：一是平时要善于捕捉行业外和国内外的各种声音，经常分析舆情、舆论。如从1984年开始，政研团队就长期订阅香港的《明报》。当时香港还没有回归，《明报》是比较正派的报纸，消息比较多。政策研究的同志专门负责剪报，将对核工业的“圈外”反映直接送蒋心雄部长参考。

二是在紧急情况下，要在第一线协助领导处理问题。危机来临时领导也会忧心，需要有个身边人、贴心人说一些理智的话。苏联切尔诺贝利事故以后，香港百万人签名反对建设大亚湾核电站。在邓小平同志的坚持下，经方方面面的细致工作，风波停歇了。核工业配合媒体做好舆论引导工作。后来，核工业起草了核工业部向第六届全国人大常委会第十六次会议提交的《我国核电建设的情况和发展方针》报告，经常委会讨论，最终确定了“加强安全，发展核电”的方针。这就形成了中国发展核电起步阶段的政策背景。

核一代的创业情怀

2018年5月初，中核传媒公司邀请我以“五厂三矿”为背景，讲讲我在五〇四厂和核工业的工作经历和故事，实际上就是讲“核一代”的经历，我只是其中的一个代表，是党培养了我们，造就了我们这一代人。

兴核强国的种子

核工业已创建60多年了，核工业第一批厂矿也创建60年了，满一个甲子。我把至今为止的核工业创业者分为几代。以1955年1月15日召开中央书记处扩大会议为界线，从这以后参加工作的就是核一代。在此以前，我称为核元老，他们在1955年以前已经从事核科学研究和教学工作，如叶企孙、吴有训、王淦昌、钱三强等老一辈核元老。新中国培养的核工业人就是核一代，这批人是上世纪的“30后”和“40后”。第二代人包括现在核企事业单位的掌门人，称为核二代，他们是上世纪的“50后”和“60后”。核三代是21世纪参加工作的。所以我们核二代被称之为红旗下成长的核一代人，兴核强国梦想在我们幼时的心灵深处就建立起来了。

我小时候发生过两件事，一是我刚出生时全面爆发了抗日战争，日本侵略者从北向南侵略中国领土。到我记事的时候，日本侵略者在我的家乡——浙江宁波慈溪的一条贸易街扔了炸弹，还火烧了伏龙山上伏龙寺药师佛道场，很多和尚被活活烧死，非常悲惨。日本侵略者烧杀抢掠、无恶不作，在我幼小的心灵里留下了不可磨灭的印记。第二件事是我上小学的时候，美国在日本广岛投下原子弹，随后日本投降，抗战胜利。这两件事联系起来，就慢慢构成了我心中兴核强国的种子：只有国家强大了，才能不受西方列强的侵略和奴役。

那时世界已进入了原子时代，跟现在的数字时代、信息时代一样，相关概念很热门。原子成了很时髦、很前卫的词。当时很多名词都使用原子，比如圆珠笔，我们当年叫原子笔。1954 年，我上初中的时候，苏联第一座核电站发电了，我们几个同学自发地组织了一个科幻兴趣小组，起名为“约里奥·居里小组”。当我上大学的时候，全国掀起向科学进军的风潮，国家制定了 12 年发展规划，原子能被列为重点任务第一项。在纪念母校清华大学建校一百周年的时候，我写了一首诗，其中有一段是，“我们这一代，在追求‘兴核强国’中奋战，在‘两弹一艇’事业中闪烁光彩。我们选择了核，核选择了我们，从此我们与核事业永不分开”。我选择核专业是有背景的，当年我们是清华工物系全国统招的第一届，不能自主投考，需要学校推荐报考。当时我在上海中学，老师推荐了 4 个同学，1 个后来留苏（联），1 个去了清华工物系，1个去了北大物理系，还有1个去了哈军工。这几个特殊专业都需要有报考资格，再经过严格考试。所以说核选择了我们，我们选择了核。

我们的前辈选择核的情况，各不相同。

当刘杰请王淦昌研究核武器时，他坚定地说：“我愿意以身许国！”

当钱三强问王承书愿不愿意一辈子隐姓埋名时，王承书说：“我愿意！”

当刘杰告诉曹本熹说搞核燃料要进入沙漠荒原，请曹教授考虑考虑时，曹本熹回复：“只要为了科学，不考虑在什么地方工作、干哪些工作。”

当记者问彭桓武为什么要回国时，他响亮地回应：“回国不需要理由。”

朱光亚出国留学的时候，选择学习核物理；汪德熙在抗日战争中帮助八路军研究炸药……

我们老一辈科学家为什么对核工业如此钟情、如此投入？因为他们出生在20世纪初，甲午战争、八国联军入侵中国的阴影在他们幼小的心灵中埋藏，面对多灾多难、战乱不断、内忧外患的祖国，他们心中燃烧起爱国强国的一团烈火，他们共同的目标就是兴核强国。

情系国家命运

（一）“五厂三矿”与第一颗原子弹

1954 年新中国发现第一块铀矿，毛主席把研制原子弹的想法提到日程上，他说，我们国家也要发展原子能，这是关系国家命运的大事。于是在 1958 年，原子弹的骨干工厂——以“五厂三矿”为首的第一批厂矿开始建设，毛主席的决策开始起航。经过 6 年的努力，1964 年，中国第一颗原子弹爆炸成功。

“五厂三矿”就是大家熟悉的四〇四厂、五〇四厂、二二一厂、二〇二厂、二七二厂和七一一矿、七一二矿、七一三矿。我认为，读懂“五厂三矿”就读懂了核工业。原二机部袁成隆副部长当年负责组织工业生产，他解释了第一颗原子弹是怎么研制出来的。他回忆，当时核工业自己的铀矿来不及产出铀原料，1958 年正好搞群众运动，所以是南方诸省提供了 160 吨的粗铀，是铀矿地质队带领老百姓土法炼成的铀。从北京第五研究所（现为核工业北京化工冶金研究院）的实验室拿到二氧化铀和四氟化铀，六氟化铀是四〇一（中国原子能科学研究院）“615”室和四〇四厂生产的，五〇四厂则提供了浓缩铀。

原子弹在二二一厂总装，九院负责设计，17 号工地进行了冷实验即没有核燃料的爆轰试验，四〇一提供中子源，二〇二厂提供构件（也就是骨架），这就构成了第一颗原子弹。

（二）“五厂三矿”概貌

四〇四厂是我国规模最大、体系最完整的核工业综合性科研生产基地，被誉为中国核城，建有我国第一条铀转化生产线、第一座生产堆、第一座后处理厂、第一条核部件及核材料生产线等军民两用核设施，研制出我国第一颗原子弹和第一颗氢弹的核心部件，为我国核武器的研制、试验、列装提供了重要保障。

五〇四厂是我国第一座铀浓缩厂，为我国第一颗原子弹、第一颗氢弹、第一艘核潜艇和第一座核电站提供了合格装料。五〇四厂先后完成了第一个国产铀浓缩示范工程和第一个国产千吨级铀浓缩工程，为铀浓缩技术完全实现自主化、国产化和工业化应用发挥了作用。

二二一厂是我国第一个核武器研制、试验和生产的基地，为我国原子弹、氢弹的突破及武器化、为国家 16 次核试验作出了杰出的贡献。

二〇二厂是我国第一座核燃料元件厂，为我国两弹研制、国内实验堆元件、生产堆元件的研制、核电站核燃料元件供应作出了巨大的贡献。1964 年 4 月，在该厂仓库研制出我国第一颗原子弹重要部件，这种精神当年被誉为“仓库精神”。

二七二厂是我国第一个大型水冶厂，一般冶金是火冶的，比如钢铁、金银，而铀是水冶的，就是溶液浸取。浸取是放化工艺的特点，这个方法在炼铜上也使用，即粉碎以后溶液浸取。

七一一矿、七一二矿、七一三矿是我国核工业的铀矿山元老，七一一矿被誉为“中国第一功勋铀矿”。

（三）“五厂三矿”的贡献

毛主席和周总理对核武器的研制很重视。1964 年 1 月 14 日，拿到高浓铀的 4 天后，毛主席批示：已阅，很好。周总理说这些厂子是“两个利益所在”：一是中国人民最高利益所在，二是世界人民利益所在。周总理用词很精确，中国人民冠有“最高”，世界人民没有加“最高”。另外邓小平到五〇四厂视察的时候说：“你们辛苦了！这个厂建得不容易，你们为人民立了大功。”邓小平也去了二二一厂，他说：“别人已经做到的事我们要做到，别人没有做到的事，我们一定也要做到！”历任党和国家领导人江泽民、胡锦涛、习近平都去过五〇四厂。其中，习近平主席是 2009 年 6 月 9 日去的。

“五厂三矿”的第一个贡献就是他们是原子弹的主力军。第二个是他们带动了全产业链的发展，建成了如今世界上少有的、完整的核工业体系。第三个贡献是在研制出产品的同时，还培育了“两弹一星”精神和核工业精神，创建了核工业的文化，培养了大批人才，为三套核基地建设输送了生产、管理人才。“五厂三矿”还培养出了 7 位部长：李觉、周铁、王候山、王介福、张丕绪、蒋心雄、高新华；出了 3 位院士：姜圣阶、刘广均、李冠兴；有 8 位“两弹一星”功勋奖章获得者在五厂三矿工作过。

老厂的熏陶

我是 1962 年从清华工物系被分配到五〇四厂的，老厂是我成长、成熟、成家的地方。

（一）进厂伊始，使命感光荣感倍增

有几个片段令我久久难忘。第一个场景是迎新会。当时进厂的有六七个清华的同学，五六个华东化工学院的同学，厂里专门为我们十来个人开了一个迎新座谈会，厂领导班子全部到场。我们去的时候正值两年规划开始，要在 1962 年

到 1964 年实现原子弹爆炸。厂领导求贤若渴、急需人才，所以专门为我们开了迎新座谈会，非常热情。期间王介福厂长还问我们：“刘广均还在清华大学吗？情况怎么样？”当时厂里已经运筹帷幄、四处调兵遣将，就是要把人才集中起来研制原子弹。刘广均当时还是清华的讲师，研究同位素分离，专业能力很强，厂里点名要他，几个月后他就来了，可见当时中央对“两弹一艇”非常重视。后来，核工业部曾经有一段时间属于能源部，当时能源部的部长黄毅诚和我们座谈时说：“当时我在哈尔滨汽轮机厂，你们调人的情况我知道，中央下达命令调动某某某，厂里不要管人到哪儿去、干什么，只要把手续办好人送走就行了。”

第二个场景是进车间。当时，全厂上下干得热火朝天。当时大家为扩散机搭保温罩忙得不亦乐乎，车间面貌也是一天一个样。我们那时没有双休日，每逢周日大家都不约而同地去厂区学规程、看资料。

黄河从五〇四厂中穿过，黄河南面是福利区，黄河北面是厂区。从黄河南到黄河北，要经过铁桥去上班。在纪念工厂创立 60 周年的文章中，我是这样写的：“太阳从厂区东边升起，照得黄河水面波光粼粼，滔滔河水拍打着桥墩啪啪作响，微风吹来，使桥上的年轻人更加意识到肩上的使命与责任。”这完全是我当时内心情感最真实的流露。

第三个场景是分配工作。我爱人被分到质谱室，现代化的仪器很高级。我被分到安全防护处，提着风机，四处取样然后化验。当时有车间工人议论说，堂堂清华大学毕业生干这个工作。正好我心里有点郁闷，这句话就像火上浇油，刺激了我。但我是共产党员，还是坚持下来了。后来我想通了，广泛接触现场、接触工人，其实对我的成长有非常大的好处。当时五〇四厂一车间的每一个工号都是保密的，而我能接触到全厂的生产工艺，这对我来说是一种培养。

借我的这个经历也给大家一个启示：刚参加工作时，你可能会有对岗位不满意的地方，但还是要坚持干好自己的工作，不要见异思迁，要热爱这份工作。核工业“这本书”博大精深，大家要好好钻研，功到自然成。

（二）厂风的熏陶，刻骨铭心

一是艰苦创业的作风。五〇四厂建设很不容易，1959年6月苏联专家准备撤走，但五〇四厂主厂房工艺大厅还没建成。当时耗时60个日日夜夜，大家拼命建好厂房后，苏联专家说卫生不合格、清洁度不够，所以不能安装主机。当时中苏关系已经开始出现裂痕，苏联专家不愿意拉机器进来。扩散机研制是很复杂的技术，假如当时机器不运进来，那么原子弹在上世纪60年代就可能炸不响了。于是五〇四厂1 400多人连夜打扫卫生，直到用白布擦了不见灰尘为止。最后终于得到苏联专家的认可，机器一波多折运进了厂房。只有机器也不行，还需要调试、运行等一套完整资料。这就需要通过和苏联专家深入交流、虚心请教、认真学习，获得更多资料和参数，很快掌握技术。老厂艰苦创业的作风对我是第一个熏陶。

二是严细成风，这反映在两个方面：一个是安全文化的原型，一个是质量第一。安全文化是1986年切尔诺贝利事故以后国际原子能机构提出来的，我们老厂那时候通行的就是安全文化的内容，所以我叫它原型。我们那时候就有许可证、工作票；不能随意操作，重要操作需要两个人，一人操作一人监督；电话要复诵，因为电话通知容易有识别偏差，所以非常严格、非常细致，“严细融入一切”不是一句空话。李鹏同志1984年去五〇四厂视察的时候，中国大部分的工厂还没有现代化，但看到五〇四厂后，他对现代化工厂、对安全文化很有感触。在质量第一方面，五〇四厂主工艺厂房在冬天浇筑屋面板，因为温差太大，所以裂了！虽然进度很紧张，但王介福厂长还是下决心砸掉重来。改革开放以后，海尔集团董事局主席张瑞敏把不合格的洗衣机砸掉，这件事在当时很出名，实际上王介福早在多年前已是产品质量卫士。

三是爱惜人才，尊重科学。五〇四建厂初期曾经请王承书、钱皋韵、吴征铠到厂指导工作。他们通过计算，改九批启动为五批启动，提前了113天拿出产品。如果没有科学的依据，没有计算，不可能在1964年实现原子弹爆炸。后来在生产过程当中，五〇四厂也请过彭桓武、曹本熹、阮可强等院士到厂里解决疑难问题。另外，厂里还建了专家楼、技术楼，供技术人员和大学毕业生住，所以五〇四厂建大学生公寓也是比较早的，这跟传统有很大关系。

还有一个小故事，有个计算专家叫王成孝，他跟苏联专家一起搞计算，掌握很多资料。有一次，王成孝外出，坐了一辆三轮摩托车赶路。途中遇到大雾，路又滑，摩托车撞到一辆大车上，把王成孝的鼻梁撞骨折了。事情报到二机部，把当时的刘杰部长气坏了，在电话里对厂长王介福吼道："咱们的管理工作还可以有人接替，把王成孝撞死了怎么办？"当时就是这样把技术人员当成掌上明珠。我觉得这是一个好传统，我们要把核工业建设好，就要把人才队伍建设好。

四是严格保密，让我形成了很强的组织性、纪律性。在建厂初期，甘肃省领导并不都知道五〇四厂，更不知道五〇四厂是干什么的，只有省委一、二把手清楚。五〇四厂还有一个验证制度，也是独一无二的。五〇四厂不仅进车间的时候需要验证，出车间的时候也同样需要验证，避免有人混进去，即使你混进去，也混不出来。

（三）得天独厚的关怀，低调生活高调工作

我们到厂时有两个历史背景，一是两年规划轰轰烈烈，另外一个背景是三年经济困难的尾巴还没有完全过去。当时中央非常关心我们，调配了几百万斤黄豆给西北三厂（五〇四厂、四〇四厂、二二一厂）。还有一次给我们每人发了24斤花生米，那时候市场上基本买不到花生米。第二天，大家都到邮局去排队给亲人邮寄。当时西北三厂物资供应的待遇相当于一个省的待遇，所以建了一个二级批发站。中央把一个省的指标给了西北三厂，真是得天独厚。

另外，五〇四厂的副食加工也非常讲究。该厂的大雪糕非常出名，这也有来头，因为它们都是从上海搬迁过去的。上海的“正广和”牌汽水在当时是最好的，还有冷饮、照相馆也都是从上海搬过去的，质量、品牌都是屈指可数。我们在西北虽然吃点苦，但实际上中央很关心我们，所以说光荣感、责任感是发自内心的。当时我们生活低调、工作却很高调，大家都一心扑在工作上。

我结婚的时候，跟别人合住在一间大约9平方米的房子里。结婚家具也很简单，厂里给了一张木板双人床，一个二斗柜。同志们送的礼物也很简单——一对热水瓶。我俩还把

装热水瓶的盒子收起来，用于放干面条。因为我们住的一楼有垃圾口，所以老鼠特别多。老鼠到纸盒里偷吃干面条，我把一合上盒盖就抓住老鼠了。对门正好是厕所，我一把盖子打开，老鼠就跳出来，再用水冲走。为此，我还挺开心的。当时虽然条件艰苦，但从来没有人埋怨。

我爱人在质谱室搞分析，那时候产品的丰度是一个很重要的指标，所以她的工作很紧张，她怀孕 7 个月时还在倒班。那时候也没有出租车，她怀二孩快生产时，是请年轻的实验员骑自行车载着她，到几十公里外搭火车，然后回上海生孩子的。从工作角度来说，回忆起来我们一辈子几乎没有一天时间是浪费的。我刚工作时是搞防护的，离厂之前，我负责安全管理还有企业管理，是厂里的副总工程师，把安全防护工作搞得很出色，是二机部也是甘肃省的先进单位，在企业管理上获得过兰州市企业管理奔马奖。

（四）榜样的力量、心中的楷模

我常常怀念两位老领导。一位是原五〇四厂厂长王介福。来二机部前他是中国驻匈牙利使馆的参赞。国家转向经济建设，从党的历史上来说有两次，一次是在解放初期，一次是十一届三中全会以后。解放初期党就选派了一批强有力的干部到苏联学习经济建设，王介福就是其中之一。从

1954 年 3 月到 1955 年 3 月，组织上派他去苏联考察工业，这是中央转向工业建设的一个前兆。王介福工作大气大度、敢于担当。他文笔很好，重要文稿都是他策划的，起草过程也是由他把握的，但当执笔者最后将稿子交他审阅时，他却说："我就不看了。"执笔者一听领导不看了，那得加倍认真才行呀！王介福在生活上也是这样。有时候组织上给他送来一筐梨或一箱苹果，他就说："快打开，大家分着吃吧！"他工作中非常泼辣、雷厉风行。他到主工艺大厅检查时，把值班桌子抽屉里乱七八糟的物品捧在手里，边走边说："大家看看，这是某某大员的家当。"这样一来，大家都开始自觉整理自己的工位了。王介福喜欢深入群众，深入现场，对中层干部要求严，对群众却很厚道。有一次他在洗澡时摔了一跤，他说摔得好，摔了官僚主义。后来一查原因，是因为水泥地上长了青苔容易打滑，后来澡堂就铺上了木条板，改善了澡堂环境。王介福没有严厉批评指责，澡堂的管理和服务就得到了改善。这件事给我留下了很深的印象。

另外一位老领导是受命于"文化大革命"后动荡年代的赵琅，他的作风也很好。他之前是上海机电局的局长，很得力的干部。在"文革"下放车间劳时，因一次事故右手手指被截去，因而他骑车、做笔记都有点困难。但他总是骑着自行车深入现场和职工生活，把工人和技术人员的话一字一句记下来。通过深入调查研究，他寻求到一条主产品增产的有效途径，组织制定了“五五”规划，把五〇四厂由一厂变两厂。这些人都是“四个一切”核工业精神的生动形象。

厂庆60周年时，五〇四厂出版了一本故事集，其中一篇文章对我与老厂之间感情的描写很到位，“他（指我），核工业‘四个一切’精神的主要提炼者和宣传者，他从五〇四厂创业的沃土上迈出了人生最重要的步伐，他的青春岁月和浓缩铀事业一起吐芳华。如今，往事并不遥远，眷念时刻在胸，时光的河流从兰州到北京，曲折而走，蜿蜒而过，他的创业初心依然如故，遥望第二故乡五〇四厂，内心深处涛声依旧。”

共勉新时代

人在青年时期要树立良好的价值观，要处理好现行政策与理想信念的关系。我们现行的政策是市场经济，是以人为本。市场经济就是等价交换，就是公平交易，承认和保护个人对经济利益的追求，它是一个底线。你要谈理想信念，那就要像王淦昌、王承书那样讲奉献、讲牺牲、讲以身许国、愿意隐姓埋名。是按底线走，还是选择高标准，这需要你来抉择。一个瓶子里装石头跟沙子有两种装法，先装了沙子，石头就装不进去了；先把石头装进去，沙子还能装进去。个人跟国家和集体的关系就是这样，先把国家的大事、责任担当、事业装进去，你才能够把自己也装进去。

每一个人的风格、作风是自己的品牌，希望大家努力打造个人品牌，实现人生价值。要爱惜自己的形象，人生最输不起的就是名望，要是名望扫地了，就什么都没有了。最后，送大家陶渊明的两句诗：“盛年不重来，一日难再晨。及时当勉励，岁月不待人。”要珍惜当下美好的时光，以兴核强国为己任，奋发进取、自强不息，为新时代我国核工业发展作出新的贡献，让我们的人生更出彩。

【《中国核工业报》通讯员刘齐、周毅伟编辑整理。】

一代核人的讴歌

——喜贺母校清华百年华诞

序曲

我们这一代——

当我们还在天真烂漫的孩童岁月，

世界第一朵蘑菇云的升起，

把人类带入原子时代。

在我们上中学时光，

世界第一座核电站开始发电，

把探索核能应用的大门打开。

在步入大学的青春年代，

神州大地吹响了“向科学进军”的号角，

“核能利用”在国家规划中重点安排。

我们这一代——

在核工业的“两次创业”中磨炼，

在追求“兴核强国”中奋战，

在“两弹一艇”事业中闪烁光彩。

我们选择了核，核选择了我们，

从此我们与核事业永不分开；

事业培育了我们，我们开拓了事业，

一代核人在事业历练中成才。

入学

一九五五年——

中央决定核工业在我国开创。

一年前——

广西杉木冲发现了新中国第一块铀矿石，

奠基之石为我国核工业发展插上翅膀；

一年后——

清华大学创办工程物理系，

成为核工业培养人才的殿堂。

我们是工物系全国统招的首届新生，

这是我们的幸运和骄傲，

这一届十六个班，

事业对他们寄予厚望。

从核物理、核材料、反应堆到同位素分离，

规模大、专业全、遴选严，孕育事业的辉煌。

那时，新兴的核事业呈现蓬勃发展景象，

北京，开始建设研究反应堆与回旋加速器；

一批铀矿山核工厂精心选址定点，

大江南北掀起了核工业建设的热浪。

毕业

一九六二年——

我们毕业了，

国家制定两年规划决心尽早放响“大炮仗”（注）。

中央成立了由周总理出任主任的专委会，

这是研制“两弹”最高司令部，

指挥我们奔向深山峡谷、戈壁荒原新战场。

先行者说，干这一行需要隐姓埋名，

我们回答“我愿意，我愿以身许国”，始终斗志昂扬。

老领导说，搞核科研生产要进入沙漠荒原，

我们表示“只要为了科学，就不考虑在什么地方”。

我们背起行囊来到铀浓缩工厂，

那时，一望无际的扩散机群正在加速安装。

建设者们夜以继日，干得热火朝天，厂区车间日新月异，

执著的激情燃烧起我们青春的火焰，闪闪发光！

耕耘

是党和人民——

为我们构筑了核的大舞台、大疆场，

无论在工厂、在基地、在院所，
我们都义无反顾敬业爱岗。
因为我们知道，这是紧系国家命运的事业，
这是托起民族强盛的脊梁。

我们把事业高于一切、进取成就一切，
作为谋事的准则；
我们把责任重于一切、严细融入一切，
作为行动的指南。
我们辛勤耕耘，没有一丝懈怠，没有半步退缩，
都在庄严地谱写人生的篇章！

我们不是功臣，也非栋梁，
我们只是普通一兵，是一颗永不生锈的螺丝钉。
我们虽无功勋奖章，但在“两弹一艇”中都有我们的辛劳，
我们虽不能照亮四方，却都在各自的岗位上闪光。

在我们当中——
有参加第一批铀矿冶的探采者；
有参加第一座生产堆后处理厂的设计师；
有分析第一瓶高浓铀产品质量的技术员；

还有“两弹”研制、核试验的直接参加者……
人人都奋战在各自的疆场。

在我们当中——
有研制大型集装箱检测装置的主力军；
有“生命科学”教育体系的运筹策划人；
有合成滴线新核素的拓荒者；
还有培养核工程师、科学家的教授……
个个都在为国争光。

我们把个人兴趣、家庭幸福、人生价值，
都融入国家强盛、人民安康的篇章。
我们吃苦不叫苦，受累不埋怨，再苦再累也心甘，
革命乐观主义充满胸膛！

尾声

母校啊！一百年以来，
您培育了万千英才，活跃在祖国各条战线。
母校啊，清华，
您哺育出的首批核专业学子，
在离开您的五十个春秋里，

没有忘记您的教诲，

没有辜负您的期盼！

我们欣慰——

用我们的青春拨动了兴核强国之歌的琴弦。

我们自豪——

用我们的勤劳和智慧谱写了发展核能的诗篇。

我们坚信——

核事业之花将在几代核人的奋进中，开得更加鲜妍！

祝贺您，亲爱的母校，

祝贺您，尊敬的师长，

在您百年华诞之际，

让我们——

向母校和老师，道一声：谢谢！

愿百年母校永葆青春，

引领莘莘学子在科学的崎岖山路上不停地登攀！

〔注："大炮仗"指核武器，引自钱三强和邓稼先谈话。〕

新时代如何传承核工业精神

为了传承“两弹一星”精神、核工业精神，使其与时俱进，永不褪色，必须在习近平新时代中国特色社会主义思想指引下，推进核工业精神时代化、大众化、常态化，在历练价值观上下功夫（简称“三化一练”），使核工业人在理想信念、发展理念、价值观念上紧密团结起来。

推进核工业精神时代化，赋予新的时代内涵

传承核精神，弘扬核文化，推进核工业精神时代化，使其赋予新时代的新内涵，将竞争意识、拼搏精神融入其中，营造具有强大凝聚力和引领力的核文化氛围。

“四个一切”的核工业精神，总结了核工业人半个世纪以来的两次创业的精神面貌、共同价值和责任担当，表达了核工业人的真实感受和切身体会，激荡着曾经和正在岗位上默默付出的几十万核工业人的心声。

经过持续的弘扬和传承，“四个一切”核工业精神已成为改革和发展的内在动力，成为员工的日常行为规范和准则。当下，在中核集团下属各企事业单位的办公楼或中心广场，写有“四个一切”核工业精神的标牌都被置于最显眼的位置。在各种文稿中，在新员工的誓言中“四个一切”被广泛引用。2007 年 9 月 10 日，国务院国资委和国防科工委在北京人民大会堂举办了“传承核工业精神，再创新的辉

煌”报告会，使核工业精神在军工企事业单位和院校中广泛传播。

近年来，我在核工业精神巡讲中，对核工业精神所营造的凝聚力和引领力，深有所感。有一次，我在核工业研究生部讲课，当讲到“两弹”元勋彭桓武的两句名言——“回国不需要理由，不回国才需要理由”时，讲堂后排突然响起热烈的掌声，并很快传至整个课堂，表达了对老一辈科学家们的钦佩之情。

有一位新员工，2009 年，他从清华大学毕业被分到核电工程公司。当他跨进公司大楼时，看到墙上“四个一切”的红色大字，内心感到非常震撼。他回去就把“严细融入一切”写在电脑桌上，保存至今。后来，他被调到总部机关，以自己的核工业情怀参与了反映核工业创业精神的原创话剧《核梦开始的地方》的编导，受到好评。

这些事例都从各个侧面反映出“四个一切”核工业精神的凝聚力和引领力。但时代在发展，科技在进步，环境在变化，如何使核工业精神薪火相传，永不褪色？答案是必须不断推进核工业精神的时代化、大众化、常态化，将其赋予新时代的新内涵。

所以，既要传承，又要与时俱进；既要强调奉献、担当、责任，又要提倡有序竞争，发挥个体价值；既要行胜于言，谦虚谨慎，又要敢为人先，展示自己。要将争先、创优、夺冠的竞争意识和苦干、猛干、超越自我的拼搏精神融入其中，培养一支年轻、能干，有实力、有追求的人才团队，培养出既能传承核工业优良文化，又有新时代风貌和气质的一代核工业新人。

推动核工业精神大众化，关注身边的“四个一切”

核工业精神不仅是造原子弹、建核电站的人所专有，它也是核工业员工群体气质和品行的体现，而不仅是核工业中的先进分子所特有。宣传核工业精神要多讲身边的、当下的核工业事、核工业人；要多讲本单位过去和现在的“四个一切”，要让广大的员工来讲来议“四个一切”，来做来行“四个一切”。

核工业精神就在我们身边，就在我们当下。我在部机关工作时，有两位年轻人给我留下了深刻的印象：他们是部大楼保密室小苏（红进）和印刷厂工人小陈（秀君）。

在核电发展初期，党中央、国务院对核工业部的很多指示，来自中央领导给部领导的信件或报告的批示，收发室常常越过保密室直接送到领导手中，部领导往往随后批转到政研室。小苏知道后，就主动索要原件。他说：“郑主任，不影响你们用，我马上复印后给您送来。”他把保存好原件视为机要人员的天职。严谨工作，主动工作，坚守自己的职责。

20 世纪 80 年代初，文件印刷还用铅字排版。给中南海的报告往往要在星期日加班，周一送出。内部文稿往往不太讲究书写规范，所以排版容易出错。有时七遍八遍地改，我们拟稿人都改烦了。但小陈说：“郑主任，不差这一点，改了心里踏实。”朴实的语言，表达出他认真的工作态度和精神状态。当时，他们还很年轻，家里孩子还小，说不定他们在加班，孩子还在家里哭闹呢。可他们为了工作主动加班。

他们的精神贵在把一份常人认为不太显眼的工作当作事业来干。在他们眼里，事业高于一切，就是工作高于一切。或者说，公事高于一切。把自己的岗位看作是组织交给自己的责任，处处高标准严要求，处处动脑筋、想办法，把难以办到的事，办得使人格外满意。在他们身上，事业、责任、严细、进取都已具备。反之，如果把核工业精神当做一种说教，捧为“高大全”的东西，必然脱离群众，不可能持久。

这里，我还要介绍当时集团总部一般干部的精神境界。1983 年，我从五〇四厂调入部机关，筹建总部的发展研究中心。当时，有一位有资历、有能力的老处长叫陶季洪，我们一起工作，整天忙忙碌碌，应付日常事务。有一天，陶处长对我说："老郑，你天天待在办公室干什么？你赶快下基层调研，熟悉生产、积累资料、沟通人脉。这儿的'门市部'我们来应付。"当时，我没有多想就照陶处长的建议去基层调研，收效甚大。我过后想想，陶处长为人处世的境界，太令人敬佩了。本来陶处长是被提为新单位领导的合适人选，可是他为了事业为了培养年轻人，完全不考虑个人得失。这种精神也是我努力工作的动力，使我久久不能忘怀。

传承核工业精神，必须走近青年才有生命力

如果以 20 ~ 25 年为一代人，那么"两弹一艇"研制成功已经历了两代人。假如"四个一切"核工业精神仅在"两弹一艇"参与者中叫响，那是没有生命力的，因为这两代人几乎全部退休了。要使核工业精神代代相传、生生不息，必须走近青年。

要做到这一点，前提是要了解青年、理解青年、亲近青年、引导青年。要在严格要求他们的同时，高看、重看这一代人。过去，一些老同志有一种错觉，觉得现在的年轻人圈子小，考虑个人的事儿太多。在我与核工业青年朋友广泛接触后，我感到"爱国""敬业"仍然是当代青年人的本质特征。但如何点燃他们，仍需要有效地引导。告诫他们别在该吃苦的年纪选择安逸，要担当起建设核工业主力军的大任，

要从老一辈手中接过核工业创业的接力棒，勇于追求属于自己的那份获得感和幸福感。

要想做一个成功者，要想实现人生价值和自己的梦想，我的人生感悟有两条：一是该吃苦时就吃苦；二是德才兼备，走又红又专的道路。又红又专不是现在的流行语，但德才兼备是永恒的标杆。2018 年 11 月，中共中央政治局就中国历史上的吏治举行第十次集体学习。习近平总书记在主持学习时强调，德才兼备，方堪重任。

我回眸观察，在我的同学、同事和亲戚朋友中，凡是有成就、有出息的，都在青年时代有过刻苦修炼的经历。我不算成功者，但也算是一个努力者。我雕刻的人生三把刀分别是：激情、认真和滚雪球。“激情”指的是我对核事业充满激情。我曾在诗中写道：我们这一代，在核工业的“两次创业”中磨炼；在追求“兴核强国”中奋战；在“两弹一艇”事业中闪烁光芒。我们选择了核，核选择了我们，毕生为核事业汇聚在一起。“认真”是指在我的字典里没有“差不多”这个词，坚决避免出纰漏。有人问我，你年过八十，又不在一线工作，为什么还这么较真儿？我回答：“秉性难改。”至于“滚雪球”，就是积累。一片雪花飘落在茫茫大地立刻就会化为乌有，而雪球则会用一片片雪花来丰满自己。我就如同一团不大的雪球，就靠善于思考，勤于积累，才越滚越大。

“激情、认真、滚雪球”3个词汇放在一起似乎并不融洽，有点驴唇不对马嘴，但后来我的同学为此做了诠释：激情是动力，认真是努力，滚雪球是能力。到这时我终于明白，人生如同登山，脚步虽是重复的，但实际上是在登高，直至登上自己的理想和梦中追求的山顶。

时代不同了，工作、生活环境千变万化，现在是市场经济年代。年轻人参加工作后，首先是遇到车子、房子的烦恼。回想当年的我们，这些条件都是国家提供的。那时，我在兰州五〇四厂，我们结婚的时候，就到房产处领个住房证就行了。家具也不用操心，双人床、两斗柜子都去仓库领就行。那时候，一切都是国家在管，使我们可以一心扑在工作上。

据我观察，当下年轻人在个人工作、家庭生活安顿好后，他们会思考人生的价值，如何为国家、为社会、为人民做点有益的事，作点自己的贡献，报答社会和父母。

在核电工地上，有一位叫张洪武的年轻人。他原来是核四院（石家庄）的职工，调到核电工程公司后，就在方家山核电现场工作。当时，他的儿子还在上小学，因此就从石家庄转到浙江海盐上学。后来，他又调到福清核电工作，孩子再次转学到福清。对此，他没有一点儿怨言。他说，社会养育了他们一家，他要努力工作来回报社会。他算了一笔账，建设一台百万千瓦级核电站，他的贡献占多少？他要干多少台才能回报社会？因此，他干得非常出色，人称“拼命三郎”。他的孩子也很争气，成为福清的中考状元。可见，家长的言传身教足以弥补频繁转学带来的负面影响。

还有一群很让人感动的人，就是奋战在戈壁滩上的4朵金花。他们是龙瑞产业园的林倩倩、周研、王梦迪和郭丽琴。她们工作在方圆28千米无人烟的甘肃金塔县。

从嘉峪关市到工地，要途经崎岖不平、坑坑洼洼的土路，往返长达5小时车程。为了追回乘车时间，上班后她们就马上投入工作，几乎没有一点儿时间休息，顶着盛夏40多度的高温到现场巡检。在茫茫戈壁滩上，网络信号不通，文书传递困难，她们只好回嘉峪关市加班。在她们中，有的孩子上幼儿园，有时发烧到39度也回不去，只能托同事照料就医。她们始终坚守戈壁，克服困难，无怨无悔，用坚强乐观的态度，为工程贡献自己的力量。这使我想起当年奋战在工地上的四〇四厂创业者，那就是：“安下心、扎下根、戈壁滩上献青春”。

他们工作和生活的负担要比我们当年繁重，他们对核事业的投入和责任的担当，不亚于当年对核事业开绿灯年代的创业者。

所以，要传承核工业精神，就要大力弘扬这些年轻人的“爱国”“立业”“奋斗”精神。

传承核工业精神，要处理好“小我”与“大我”的关系

弘扬核工业先贤“以身许国”精神，树立正确的价值观，把“使命”“责任”与“担当”作为毕生座右铭，以国家富强、民族振兴为己任，奋发进取，自强不息，为新时代我国核事业作出贡献。

传承核工业精神不仅要营造良好的人文氛围，更需要在价值观上练好内功。在此，要处理好“小我”与“大我”，“低线”与“高线”的关系。王淦昌的“以身许国”，王承书的“我愿意”，就是“心有大我，至诚报国”。假如，我们把“大我”比作石头，把“小我”比作沙子。如果我们往瓶子先装石头，那么细沙照样可以灌进去。如果你先装沙子，石头也就装不进去了。其实，人的思想也很像瓶子装沙石。你把“小我”充塞到脑海里，“爱国”“敬业”“使命”“担当”这些大石头就放不进去了。所以，我们学习核工业先贤，传承核工业精神，就要在树立社会主义核心价值观上下功夫。这是精神之“钙”，事业之“芯”的总开关。上面强调的是“小我”如何处理好与“大我”的关系。但“大我”（泛指机

构、单位）也要处理好与“小我”的关系。重中之重是要处理好精神与物质的关系，既要提倡精神引领，又要落实物质鼓励。因为我们社会的经济基础是市场经济，人才作为一种资源，也必须市场化运作。综上所述，就是我们常说的：事业留人、感情留人、待遇留人。形成“大我”关爱“小我”，“小我”奉献“大我”，“人人为我，我为人人”的生动活泼的新局面。

传承核工业精神，还要处理好现行政策与理想信念的关系。现在是社会主义市场经济，市场经济就是按质论价、等价交换、公平交易，承认并保护个人对经济利益的追求。这与上世纪五六十年代不同，那个年代将追求个人利益称之为“个人主义”，个人主义是万恶之源，要受到鄙视，受到指责甚至批判。从这个角度讲，现在做人更自在了，但做成功的人更需自觉。如果不严格要求自己，弄不好就踩了线，湿了鞋，犯错误。我把现行政策比作行为底线，这个行为底线就是人生道路的底线。而理想信仰，常常冠以崇高、坚定，也就是人生道路的高线。这个高线就是讲奉献、讲献身，讲以身许国、讲克己为公。比如“我愿意”，就是愿意放弃“小我”。所以说到底，就是人生道路的选择，就是价值观问题。我想多数人会选择高线，正所谓“人往高处走，水往低处流”。

我认为，生活在中国特色社会主义新时代的核工业人，一定会选择“心有大我，至诚报国”，正确处理“小我”与“大我”，“大我”与“小我”，“精神”与“物质”，“高线”与“低线”的关系，以国家富强，民族振兴为己任，奋发进取，自强不息，为新时代振兴我国核事业做出贡献。

附录

核之魂

2005年1月15日，在庆祝我国核工业创建50周年大会上，中核集团和中核建设集团首次提出“事业高于一切，责任重于一切，严细融入一切，进取成就一切”的“四个一切”核工业精神。“四个一切”核工业精神虽只有短短24个字，但它就像一个引子，引起了曾经和正在岗位上默默付出的几十万核工业人的共鸣。

2004年8月，总装备部会同中核集团和工程物理研究院筹办纪念我国第一颗原子弹研制成功40周年活动，我参与起草纪念文稿。在完成纪念核爆成功40周年文稿后，中核集团党组要我提炼出反映核工业人精神的有豪气的语言。这就是凝炼核工业精神最早的背景。

与此同时，国资委也提出了加强中央企业文化建设的指导意见，集团公司全面启动了企业文化建设活动。而企业精神和企业价值观又是企业文化的核心，为此，集团公司开展了征集和拟定公司核心理念活动，征集内容包括企业宗旨、精神，发展方针、管理模式和核工业精神。在两方面因素的推动下，我们开始着手提炼核工业精神的工作。

自从集团公司提出用豪气的语言来概括核工业精神后，我感到这是涉及全局性、历史性的工作，要聚精会神、全神贯注地抓紧学习与思考。我先后翻阅了大量的核工业历史资料和20余个企事业单位企业文化的材料，阅读了“两弹一星”纪实性文艺作品，学习研究了企业文化理论专著和现代企业文化案例。

感受是很强烈的，但是怎样来具体表述核工业精神，这确实需要经过一番全局的观察和理性的思考。我感觉，核工业精神一定要反映出核工业人半个世纪来两次创业的精神面貌、光辉业绩、共同价值和责任。

在学习和思考的基础上，我的脑海中形成了三条思想挖掘路径：一是这个精神要反映核工业人的价值观和思想动力；二是要体现维护核工业安全质量生命线的行为和作风；三是要表现出我们取得卓越成就的内在品格和力量所在。我紧紧抓住“豪气”这个要害，寻找灵感。

直接点燃我思想火花的有三把火：

第一把火是刘杰部长的一席讲话。在纪念我国首次核爆40周年大会上，年近九旬的原二机部部长刘杰作为核工业最早的创建者和领导之一，一口气讲了将近90分钟。

他讲，核工业开创初期，毛主席就嘱咐我们，说这是决定国家命运的事情，一定要好好干啊！我听完感到非常震撼，你想，有哪个事业，有哪些部门可以称得上是决定国家命运的事？刘杰部长又说，天下最重的东西莫过于责任，“责任”“志气”重于泰山，泰山是可以量化的，但重于泰山是无法量化的。

老部长的讲话迸发了我总结出“事业高于一切”“责任重于一切”的思想火花。

第二把火就是核工业老厂的安全文化。回顾第一次创业，核工业人确实是严细成风，而且将严细制度化。如工作前有操作票、许可证，重要操作有监护，严格书面记录、书面交接等。这和1986年后国际原子能机构提出的安全文化所倡导的工作方法十分相似。

这时，我的思想豁然开朗——这不就是安全文化原型吗？不就是核工业人把严细融入一切，融入每一个细节的真实写照吗？

第三把火是《国家往事》。2004年我有幸观看了《国家往事》的内部片。影片生动、翔实地记录了原子弹研制过程的惊人场面和动人事迹。

特别是，在苏联撤走全部专家前，二机部提出了“三年突破，五年掌握，八年适当储备”的总任务，1962年又提出研制原子弹的两年规划。当时，国内提供核装料的铀浓缩厂还正处在起步阶段，能否提供合格装料还不明朗，核工业人就敢提出这样的目标，并且在艰苦攻关下，圆满完成了任务。这些，构成了核工业人积极探索、奋发向上、孜孜以求的进取精神。

在第二次创业的时期，我们又是靠进取精神，克服困难最终迎来了核电发展的春天。这些事情，让“进取成就一切”的核工业精神立即映入我的脑海。

“四个一切”表述初步形成后，我们先送中核集团副总经理黄国俊审阅，黄国俊批示：“对提炼的核工业精神，我的第一感觉是有好感的，写出了我们核工业人的真实感受和切身体会，很有共鸣。”

紧接着，中核集团办公会上讨论了党群工作部提出的企业文化理念，确定了集团公司企业宗旨、精神和“四个一切”核工业精神。

“四个一切”核工业精神已经成为中核集团改革和发展的内在动力，成为员工的日常行为规范和准则。

今天，不论是在中核集团各成员单位的办公楼里，网站上，抑或是在中核集团的各大活动中，这 24 个字总是被放置在最显眼的位置。在核工业员工创作的文艺作品和文稿中，他们把“四个一切”核工业精神称为“核之魂”。

“四个一切”如何走近青年？

“四个一切”的核工业精神，总结了核工业人半个多世纪来两次创业的精神面貌、光辉业绩、共同价值和责任，表达了核工业人的真实感受和切身体会。被称为“核之魂”的“四个一切”核工业精神，是中核集团科技委原副主任郑庆云归纳提练的。如今，“四个一切”早已成为中核集团改革和发展的内在动力，融入每个普通员工的血液，成为员工的日常行为规范和准则。进一步探讨如何让核工业的青年一代更加深刻理解和认可“四个一切”精神，探求“四个一切”的现实意义，对于回顾历史鉴今日、铭记精神树志向有着特殊的作用。

从2005年提出“四个一切”核工业精神到现在的10年间，郑庆云已经做过50多次关于“我国核工业发展历程和创业精神”的讲座，从秦山、田湾到三门，从北京、兰州到宜昌，行程上万公里。他根据不同单位、不同对象，把我国核工业的创业史、核工业精神以及核文化三位一体、有机组合，并六易其稿最后写成的《激情岁月讴歌》一书，延伸了“四个一切”的内涵和外延，于2013年9月出版，一版加再版，总发行量近万册。

10 年中，郑庆云所做的讲座对象大部分是青年。10 年中，他思索得最多的，也是如何结合当今社会的变化形势，赋予“四个一切”以现实意义，更好地阐述“四个一切”的价值内涵，更好地让“四个一切”走近青年，为核工业的青年员工所领会、接受、传承，进而对我国现代化的核工业事业形成向上的动力。

十年巡讲路

10 年的巡讲经历，有很多事例感染着郑庆云。让他最难忘的一次，是 2011 年，由于受到日本福岛核事故的影响，三门核电公司招收的新员工比较少，只有 20 多个青年，但公司还是想请郑老去讲讲“四个一切”，让员工们感受一下核工业精神的熏陶和教育，足见公司对新员工入职教育的重视。深受感动的郑庆云对公司邀请者说：只要他们愿意听，哪怕只有一个人，我都去讲！

讲堂上的掌声、笑声、泪水、沉思

掌声。郑庆云还记得，有一次在核工业研究生部讲课，当他讲到核武器研制元勋之一的彭桓武的两句名言——“回国不需要理由，不回国才需要理由”时，讲堂的后排突然响起了掌声，掌声从后排蔓延至前排，经久不息。他至今能够清晰记得当时的情形，是因为他明白那掌声不是给他的，而是送给彭桓武这样每每能激发一代年轻人投身祖国报效祖国的老一辈科学家的。

笑声。有一次，他给青年人讲课，讲到周裕常 1961 年调到衡阳铀水冶厂，从事与核工业有关的秘密工作，上不告父母下不告妻儿。新婚 7 天，他就拎着行李来到衡阳，白手起家。一天他去运水点接水，在一丛灌木丛前发现了自己的新婚妻子，原来组织上也派了他妻子来秘密"出差"。一对夫妻新婚后第一次如此意外地重逢，边笑边流泪。郑庆云说，他讲到此处，台下的青年人都笑出了声，但笑声中也充满了对那个时代人的感慨。

泪水。又一次，郑庆云在二二公司讲课，讲到酒泉原子能联合企业当年建在风沙很大、喝水困难、遍地只有骆驼草的戈壁荒原嘉峪关，在那里出生的孩子从没见过树木，只看到过骆驼草。偶尔有机会去镇上，看到路边的树，他们惊讶地说：好大的骆驼草啊！这时，他发现台下有个年龄较大的女职工在偷偷地抹眼泪，后来他才知道，那位女职工叫缪瑞华，她就是故事中所说的那些把树叫做"好大的骆驼草"的孩子们中的一个。缪瑞华的眼泪，感动了在场众多青年人，活生生的历史仿佛就在他们眼前播放。

哽咽。另一次，当他讲到邓稼先和十来个年轻人曾为了计算一个对原子弹设计有着重要作用的参数而进行了九次重复计算。这种计算的工作量如此巨大，需要这么多人重复千万次单调机械的动作。直到周光召提出了一个论证原理，从理论上论证了计算结果的正确性，从而解决了我国原子弹实验中的关键性难题。那天深夜，一心扑在难题上的邓稼先忘记了爱人在医院值班，导致他家的两个小孩进不了门，在家门口睡着了。郑庆云讲到此处，他自己突然也哽咽了。因为郑老当年在兰铀公司技术攻关时，他和他的同事也经常会忘记了家中的孩子。雷同的经历让他哽咽，也让在场的青年听众动容。

沉思。每次，他给年轻人讲起：王淦昌改名王京在大西北研究原子弹，有一年，王淦昌和邓稼先在沙漠帐篷中过除夕，邓向王敬酒："叫了王京同志十几年，这一回就叫一次王淦昌同志吧！"言毕，两人拥抱流泪；郭永怀为了保护装着数据资料的公文包与警卫员紧紧抱在一起被烧焦；邓稼先因氢弹试验降落伞未打开而第一个奔向随时可能爆炸的爆心；曹本熹进入沙漠荒原搞核燃料生产，一直跟人合住一套房子直到他去世；王承书隐姓埋名一辈子研究铀同位素分离理论，最后在遗嘱中将几乎所有的钱用来交最后一次党费和捐给希望工程……郑庆云都能在会场上看到那一双双凝神聚听的眼睛。那一刻场上的鸦雀无声，正是对老一辈核工业人崇高情怀的伟大致敬。

课间反馈和课后感言

10年的巡讲经历，让郑庆云有了这样一个认识：时代变迁，两代人对事物的看法和想法会有差异，但“爱国”“敬业”的基因没有变，也不会变。他的感受，来自于课间青年们的反馈，也来自于课后青年们写的一些感言。

课间反馈

“真是受到了一次净化心灵的教育！”

“我们因此感受到了‘四个一切’奉献精神的威力所在！”

“我印象最深的是事业和使命两个词！”

“老科学家们太可敬了，他们的爱国情怀和严谨学风永远是我们年轻人学习的榜样！”

课后感言

中核天津机械厂安丽丽：“时光流逝，当年意气风发的青年都已白发苍苍，但是，他们创造了一段熠熠生辉的核工业历史，一段不朽的核工业神话。这些鞠躬尽瘁的老人，是后代人永远学习的典范。在当今发展的大潮中，中青年人总要担当主力军的大任。作为新时代的青年，我们要如何从老一辈手里接过核工业发展的接力棒，作为新一代核工业人的我们，又要怎样才能担此重任？”

中核天津机械厂邢睿思：“《易经》中说，举而措之天下之民，谓之事业。既做了自己喜欢的事情，又帮助了他人，就可以定义为事业。发展一个国家的核工业是每一个核工业青年人的毕生追求，是我们的事业。‘四个一切’的核工业精神是青年人面向未来成长的力量，我们要做的，只有传承。”

中核红华公司质谱专家谢党，2013年老伴去世，一直沉浸在巨大的悲痛中，但当她读到了《激情岁月讴歌》一书中那些故事和情节时，仿佛又回到了她和丈夫为了核工业浴血奋斗的日子，精神为之一振。她在建厂50周年纪念会上说：“‘四个一切’孕育了我们这一代，是进军核科技夺关破隘的巨大动力。”

“四个一切”的价值内涵

通过10年的巡讲，郑庆云在与青年交流互动中，进一步挖掘了“四个一切”的价值内涵。“四个一切”既是核工业企业文化之魂，又是核工业企业管理之道。正是这个“魂”与“道”，潜移默化、启迪陶冶着青年人的成长、成熟和成才。

“事业高于一切”是核心，是魂魄

“四个一切”的核心，是事业高于一切，能够把事业放在高于一切的位置，就是能够把国家和民族的利益放在第一位。有了高于一切的事业心，才可能有之后的责任心、进取心和严细作风。

核工业的第一批创业者们，是以王淦昌、彭桓武等才华横溢、享誉全球的科学家为代表，他们为了实现科学强国的愿望，远涉重洋，留学欧美，学成后却放弃国外优厚的工作生活待遇，冲破重重阻挠回归祖国；回国后他们隐姓埋名，在祖国边陲从事秘密的原子弹事业，他们对自己的事业如此执着投入，如此赤胆忠心，正是因为从鸦片战争开始，中国饱受侵略，中华民族深处水深火热之中，需要一代中国人奋起牺牲、拯救祖国。

核工业的第二批创业者，是以张同星、徐銶等为代表，他们的事业是与祖国从弱变强的过程结合在一起，为了让祖国强盛，他们坚守科研一线，把个人命运与国家需要紧密相联。他们的事业，就是祖国富强、民族不再受威胁。

那么如今的青年，作为核工业的第三代甚至第四代人，强调事业高于一切，是否仍有其现实意义呢？

当今，我国核工业无论在加强国防和国民经济建设中都是任重道远，在技术难度、安全要求，特别是在社会层面的组织与协调上，其难度不亚于核工业第一次创业。如何在市场化、多元化、国际化的发展中，既高瞻远瞩，又脚踏实地，努力实现中核梦，助推中华民族的伟大复兴，是我们这一代青年的光荣使命与职责。

事业高于一切，其实是一种崇高的品德。古语云：小成凭智慧，大成靠品德。如今已经八十岁的郑庆云说，依照他的观察来看，凡是最后卓有成就、到达人生顶峰的人，都是品德与能力相当甚至是品德大于能力的人。这些人能为了国家、社会、他人的需要而舍弃自己的利益，最终他们的舍弃都会成全他们最终的成就。所以，事业心是一个成大事的人必备的素质与性格。

总的来说，事业高于一切是一种精神层面的要求，是引导职工把职业当成事业来干，增添其实现人生价值的一种寄托，用事业来赋予青年人巨大的精神力量。

企业用道支撑魂

郑庆云认为，“四个一切”的核工业精神，与其他所有企业文化元素一样，具有文化和管理这两重属性。如果说事业高于一切是核工业企业之魂，是核工业的文化属性，那么责任、严细、进取就是对事业高于一切这个精神追求的支撑，是核工业企业的管理之道。

60多年以来，由于核工业事业的特殊性，决定了对核工业职工的特殊要求：一是核安全，二是高科技。因为事关核安全，核工业必须用责任和严细来成就事业，如果没有高度的责任心，没有严细的工作作风，百密一疏，千万分之一概率下的核事故都会带来让人类无法承受的损失。因为是高科技行业，所以必须用创新和进取来支撑事业发展，如果没有创新来取得核能科技领域的发言权，用进取来追赶世界同行，核工业就会陷入一潭死水，其发展就无从谈起。

责任。责任能够反映一个人的素质、人品，需要百年打造，所谓“百年树人”。在采访中，郑庆云还讲了兰州的一个故事。

2011年6月，德国泰来商行对其于1907年在中国建造的兰州铁桥进行质量回访。历经百年风雨后，兰州铁桥依然坚固如昨。而经历了两次世界大战后的德国，居然能在百年之后，企业几易其主之后，仍惦记着自己工程的品质，仍然把自己企业的责任记得如此清晰，他们的这一举动，值得中国的百年老店和核企业学习，更应引起中国众多企业的反思。

1959年，兰铀公司处于抢建当中，时间非常宝贵。然而，其1号大厅的主机厂房用的70多块特大面积的屋面板，经专家鉴定不能经历百年风雨而被砸掉。在那个抢建的年代，为了百年大计，所有修建房屋的人责任系于心，绝不容许一丝一毫的马虎和放松，才铸就了今日核工业的牢固地基。

严细。“严细成风”始于我国核工业初创之时。1986年切尔诺贝利核事故之后，国际原子能机构引入了核安全文化的概念。而我国核工业一直以来，电话要复述、双人操作、所有指令和操作书面记录、所有操作要取得工作许可证是所有核工业企业的标准工作流程，也是中国核安全文化的根本一环。

进取。在郑庆云看来，所谓进取就是别人做不到的我们能做到，别人没做过的我们做了。其本质就是创新。而创新和进取的反面，就是自由散漫，其本质是管理的缺失。管理缺失与企业的自由化文化氛围密切相关，过度的以人为本，滋长了员工自由、散漫、懒惰的心理。郑庆云援引《北京青年报》上发表的一篇文章——《诺基亚：完美世界的一地碎片》说，诺基亚1992年兴起，1996年一跃成为全球最大的手机品牌企业，2007年其产品的市场份额还占全球手机市场的40%，在短短6年时间内，经历繁华到衰落，于2013年被微软收购，诺基亚员工被大规模裁员。其原因除了决策失误，就是管理上存在严重的不进取现象，其表现有：存在严重的忙闲不均现象，忙的忙死，闲的闲死；干活很舒服，上班晚来早走，甚至很多人还开淘宝店，利用上班时间拍照传图，和淘宝客户谈生意。他山之石，可以攻玉。诺基亚的自由散漫现象，在核工业企事业中也并没有做到“零容忍”。

总的来说，责任、严细、进取这三种要求，是核工业对职工的职业要求，必须通过严格培训、科班陶冶、代代相传来得到继承和发扬。

“四个一切”为青年人解惑

正是通过10年的巡讲，郑庆云开始研究年轻人的心理，开始站在青年人的角度思考问题，对比新老一代，他发现现在的年轻人，虽然不用再像老一辈那样吃苦，但会有很多过去那个年代不用面对的困难和矛盾。比如老一辈人不用顾虑买房买车问题，个人和家庭生活的一般问题组织上会帮着解决；老一辈人不用担心丢了工作无处安身，在一个单位一干就是一辈子；老一辈人不会有很多情感和心理困惑，因为他们的所有精力都聚焦于工作，而现代青年更多地开始关心生活的质量和自我的价值实现与追求。一旦他们的生活质量得到基本满足，工作和家庭得到稳定安顿后，他们就会逐步过渡到对自我尊重和自我价值的思考上。

站在这个视角，郑庆云开始设想：即使是在当下的时代，“四个一切”能不能帮助年轻人解决一些内心的困惑和精神的追求？

青年的变化

新中国成立之初的30年，中国人自觉地树立了建设强大新中国免受他国欺凌的历史使命，在这一洪流中，“国”的概念被无限放大，“家”的概念几乎被忽略；“大我”被突出强调和渲染，“小我”被过分压制和缩小。改革开放以后的30年，曾经被压制的国人的自我意识开始觉醒并在经济快速发展的历史潮流中膨胀，很多人一夜之间实现了富裕梦，全民族甚至一度出现了过度娱乐和消费的风潮。这个时期“大我”和“国”的概念被搁置，“小我”和“家”的概念被放大。纵观中国过去的60年，代表国民心态的各个时期的青年心态各有不同，但经历了“国”和“家”的概念都被不当放大的两个阶段后，“家”“国”该如何相处，“小我”和“大我”如何共融，国人都在反省，青年也在寻找新的出路。自我价值和社会价值的沟通共赢已经逐渐成为中国青年的时代主题。

按照马斯洛的激励层次理论，每个人都要经历六个需求层次，分别是生理上的需求、安全上的需求、情感和归属的需求、尊重的需求、自我实现的需求和自我超越的需求。

在新中国成立的初期，受到世界核大国的严重威胁，举国支持核工业，以解除这种国家存亡的危机。国泰民安后，才有可能开始注重每个个人的需求。改革开放以后，中国人逐渐从生理上的需求层次解放出来，逐渐过渡到安全需求、情感和归属需求层面。而在大城市的很多青年人当中，可能已经过渡到尊重需求和自我实现的需求层次。处于自我实现的需求层次，人们会逐渐剖解自我价值到底应该如何实现，而其实现的最终途径，还是对他人有益、对社会有回馈。

中国核电工程有限公司福清核电项目部施工一部副经理张洪武，原来是核四院的监理。最开始，儿子跟他在石家庄读书；等他开始参与秦山二扩工程的监理工作时，正上小学三年级的儿子随他的工作转学来到海盐；2012 年之后，他来到福清现场，读初中的儿子又从海盐转学到福清。小小个头的张洪武，说儿子的读书生涯，用四个字来概括，就是“颠沛流离”。而他自己，因为把办公室从办公楼搬到工程现场、现场的工作事无巨细都能协调而被项目部人称为“拼命三郎”。

张洪武有一个朴素的人生观。他说，每个人都追求幸福的生活，在我看来，在事业中创造自己的价值也是一种幸福。他说：“我这样计算我对这个社会做出的贡献和价值。一台机组中，我拼命干，总能起到万分之一的作用。一台百万千瓦级的机组，发电功率 100 万千瓦，乘以 24 小时再乘以其设计寿命至少 40 年，除以一万，就是我为这个社会生产的清洁能源。我已经干了至少 6 台核电机组，我想我应该可以把我的家人一辈子用的清洁能源干出来了。而且这些核电能少烧多少煤，少排放多少二氧化碳、二氧化硫，就是我替我的家人为整个社会节能减排做出的贡献。"

爱因斯坦在《我的世界观》里，曾说过这样的话："我每天上百次地提醒自己，我的精神生活与物质生活都依靠别人（包括生者和死者）的劳动，所以我必须尽力以同样的分量来报偿我所领受了的和至今还在领受着的东西。我强烈向往着俭朴的生活，并且时常会因发觉自己占用了同胞的过多劳动而感到难以忍受。"

何以解惑

如何让青年树立更为健康和更为正确的自我价值观，已经变成当今社会迫切需要解决的课题。而核工业的"四个一切"精神，是否能够深植核工业企业青年职工的心中，成为其身体力行的行为准则，就取决于其能否用其现实意义来满足青年对自我价值拷问的答案需求，满足其对信仰和精神追求的向往，最终成就其自我价值。

自我价值的实现，必须也必然要融入社会主义核心价值

中核集团三门核电公司新员工入职宣誓

观之中。爱国、敬业、诚信、友善，是社会主义核心价值观中公民个人层面的价值准则和道德自律。而“四个一切”核工业精神及其背后的故事，统篇充满“爱国”和“敬业”的鲜红榜样和催人奋进的正能量。所以，弘扬和践行“四个一切”的核工业精神，是职工职业生涯和企业环境下，培育社会主义核心价值观的捷径，是实现自我尊重和自我价值的最实际行动。所以，我们一定要遵循习近平总书记对青年践行社会主义核心价值观的要求：一要勤学，二要修德，三要明辨，四要笃实。

那么，何时、怎样灌输四个一切的精神理念，就成为我们要最终解决的课题。

何时？

《生命时报》上刊载的一篇短文，对郑庆云启发良多。文章指出：往瓶子里装东西时，如果你先装石头，装完石头，瓶子看似满了，但其实还可以往里面灌细沙；如果你先装细沙，瓶子满了的时候，石头也装不进去了。人其实也是一样的，你得先给他装大东西，比如人格、观念、思想和方向等，然后再装细的东西，比如习惯、技能、步骤、方法等，如果反过来的话，就很难再装进去了。受此文启发，郑庆云认为，孩童儿时对其品德和人格的建立，要靠家长，先树德再学识；青年人初入一个行业和企业，要先对其进行精神理念的教育，然后再教其基本技能和本领，若德不行，则技能不能行之甚远，更甚至会贻害无穷。

因此，对青年人的“四个一切”的教育，一定要从入职之初就开始。

怎样？

十年巡讲的经历，让郑庆云慢慢了解到：青年人更喜欢的宣教或者交流方式是，在思想认知上，他们希望是感性的东西大于理性；在内容题材上，他们喜欢多讲案例，而不是空洞定义；在思维方式上，他们偏向于形象思维重于逻辑思维。

进一步而言，怎样让“四个一切”发扬光大？一是要营造“四个一切”的氛围，进一步挖掘其价值内涵和文化底蕴，不断赋予其时代的新元素；二是要开展群众性的关于核工业精神、核工业发展史、创业史和厂史的宣教活动；三是要鼓励和组织老领导、老职工挖掘核文化史料，整理创作文化产品，宣传弘扬核工业文化。

最后，郑庆云还讲了他与秦山核电青年座谈的感悟。秦山是中国核电摇篮，也是“四个一切”的思想源头之一。秦山核电的青年在理解、把握和践行“四个一切”上也是先行一步。通过座谈会，郑庆云感受到了秦山核电青年对“四个一切”的独特而深入的理解，也感受到了“四个一切”在新时代所应追加的新意义和新价值。

马跃华在秦山核电工作14年了，他对“四个一切”有自己独到的理解和诠释。他说“四个一切”就是“为国为民、尽职尽责、实干巧干、追求卓越”。新时期，“四个一切”还应融入新元素，那就是：“一切基于安全、一切归于效益、一切源于和谐、一切为了发展。”

秦山核电办公室的王瑜结合他的工作说，“四个一切”不仅要在内部宣贯，还要向客户和公众推广，一旦外界了解核工业人有这样一种企业精神、思想境界和安全文化后，对核工业的工作配合就会更协调、更卓越，广大公众对核电安全会更放心、更踏实。

与秦山核电青年的这次座谈，更加让郑庆云坚定了自己的认识。他坚信现在的年轻人从根本上是爱国的、有进取心的，因为有这一点，所以，“四个一切”也会在年轻人心中一直有生存的土壤。而消化、吸收、弘扬、传承“四个一切”核工业精神，也一定能够帮助年轻一代实现人生价值，能够让核工业的青年人在实现中华民族伟大复兴中大有作为。

贴近实务的政研智慧

1984年，正是核工业全面推进调整转民之时，用当时领导的话来说，就是“每年要动几次大手术”。面对这样一次历史性的、全局性的战略转移和全行业性的产业结构调整，工作难度是很大的。各级领导和职工的思想准备也不充分。恋旧、怀旧、复旧的思想感情渗透于方方面面。当时，最需要的是思想、方针上的引导和政策、措施上的支持。政策研究团队和综合部门一起，围绕新情况、新任务，努力进行发展战略、指导思想、工作方针、政策措施的研究与探索，一些建议得到领导和同志们的认可。如部领导概括提出的：“发扬老传统，迎新挑战”、“军民结合、以核为主、多种经营、搞活经济”等发展思路，逐渐成为全局性的指导思想和工作方针，并被广大职工群众所掌握，从而把第一次创业中形成的那种艰苦奋斗，为事业拼搏的精神熔化到第二次创业中去；对克服留恋“军工绿灯行”，希望“多限产少关停”、无军不稳的思想，以及“我们是国家队，非核不转”的思想，起到了加快促转作用。

改革发展实践中体现政研作用

1989年3月13日，中国核工业总公司正式注册登记，向经济实体过渡。在当年召开的工作会议上，把发展“核电、民品、内外经贸”作为发展实业的三个主攻方向，后来发展为“三二一”方针，即“三个主攻方向，科研教育和经营管理两个战略环节，思想政治工作一个根本保证”。这些都有效地推动了总公司军转民和走向经济实体，将30万职工的力量凝聚在各主战场上奋力开发。1991年12月15日，秦山核电站并网发电，实现了我国核电零的突破；1991年12月30日，中国和巴基斯坦签订核电站合作合同……1993年国务院机构进行新一轮改革，根据走向社会主义市场经济的新形势，总公司工作会议又提出了核工业20世纪90年代发展与改革的目标和思路。

再从政策措施上看，核工业调整实际上是全行业结构性的停产、限产，对局部生产线来说就是一次政策性的破产。对此，党和国家十分关怀，急需政研部门提出政府机构可操作、可承受、可支持的政策措施。随后几年，在部、总公司的领导下，政研人员和各有关部门一起，提出了一些政策建议，报请国务院批准后，得到了落实。诸如两个堆化厂停产，不减收购资金支持产品开发政策；两个扩散厂保持优惠电价政策；允许铀和核技术出口收汇留成政策；以及建立核能配套资金、“三废”专项资金等政策。这些政策有力地支持了核工业军转民的结构调整，并保持了全局的稳定。

在核工业军转民的这十年中，政研人员还开展了发展战略、技术经济可行性和产业政策的研究。如核燃料工业规划及各段综合成本的研究，核能高技术发展战略研究，核工业产业政策的研究等。还参与了国家综合部门和总公司职能部门组织的核工业、核电发展规划和技术路线的研究，核和非核重大项目可行性论证、技术经济分析以及建设项目的总结和后评估工作等。

在这十年中，政研人员还紧紧围绕部和公司工作的重点、热点和难点，进行调查研究和对策研究。无论是秦山，还是大亚湾；无论是四〇四厂、八二一厂，还是10个首批停产的矿山（水冶厂）；无论是沿海开发，还是对外工程（包括核不扩散政策的研究），都跟踪进行了调查研究，并向有关部门反映情况，争取支持。有的是随同部、总公司领导参加调研，或在现场解决问题，或将点上的经验在面上推广；有的是深入基层、深入现场，了解各类人员的意见和反映，提倡“讲真话，谈实情”，以掌握第一手材料，多向领导提供真情实况，以利科学决策。

在这十年中，核工业经历了两次大的机构体制的改革，政研人员配合有关部门对体制、机制和管理模式进行了对比研究，为新体制的确立起到了积极的作用。经过几年实践，逐渐认定核工业体制要走经济实体之路的大方向、总趋势，并研究与此相适应的观念转变、方针调整以及工作方法和机构设置的改变。始终注意既把握住改革的总方向，又必须从总公司现阶段实际情况出发；既要加大改革的力度，又要注意平稳过渡。按照这一指导思想，政研人员既注意克服“官本位”的统管一切的思想，又从我国国情出发，争取有利于实际工作的行业分工，并在对外关系上争取了允许使用中国国家原子能机构的称谓，在阿尔及利亚重水反应堆最终验收时，首次正式使用。

总之，在核工业军转民的实践中，在实践—理论（包括思路、方针、政策）—再实践的循环中，政研人员逐渐摆脱“书生气”而走向基层，走向实践，为核工业大势发展作出了应有贡献。

对政研工作的体会

实践出真知，十年的实践，对做好政研工作有了一些粗浅体会。

（一）要努力贴近决策者的需要

既然政研工作的服务对象是决策者，那么各项研究工作就要“瞄准”决策者的需要，为此，必须做到：

1. 超脱。政研人员提出的意见，不应是部门之见，而应该立足于全局。要把决策者听不到、看不到、尚未想到的信息和思路，通过政研这个“外存”（外脑）输入给“主机”（决策者）；要把圈外友邻怎样“看核工业”，引到圈内来思考；要进行必要的“危机研究”，给决策者打几个警叹号、问号。只有研究危机、预防危机，才能避免危机。

2. 独立。要解一个二元一次方程必须要建立两个独立方程。如若一个方程是另一个方程的线性放大，则方程就解不出来。假如我们向领导提供的信息，仅仅是领导掌握情况的局部和枝节的增减，或者“顺着领导意图”小心求证、随声附和，这就从根本上失去了科学决策的参谋作用。所以，政研工作一定要以调查研究为基础，广开信息渠道，在研究的深度、新度和超前度上下功夫。

3. 适时。杜甫诗曰：好雨知时节，当春乃发生。我们给领导参谋，好象公鸡给主人打鸣一样（内称“鸡鸣理论”），鸣早了讨嫌，鸣晚了误事。我们认为，掌握参谋的适时性，既是参谋的水平，又是参谋的艺术。

4. 适度。参谋与将帅的关系不应混淆，更不能颠倒。颠倒了就会出乱子、误大事。我们在实际操作中，注意参与而不干预，一般不应多次重复参谋。

（二）要善于做到“冷热”结合

文字工作能力是政研人员的基本功，没有被公众认可的文字综合能力和表达能力，就不是一个合格的政研班子。但是只擅长文字工作，缺乏实际工作知识能力的冷班子，最多是群好“秀才”，也不可能成为好参谋。文章是思路的概括和表达，关键在于有思路，但有了思路没有载体也不行，而且撰写过程本身就是思路的提炼和升华的过程。

为了多出思路，我们必须投身到实际工作中去，了解热线，关心热线工作，要有一股像记者捕捉新闻的热情，去主动参与业务工作的各项活动。还要注意与热线工作部门结合，进行冷热“换位思考”。常言道，看戏容易演戏难，切忌在圈外指指点点，而要同舟共济献计献策。搞好冷热结合也是减少政研工作“书生气”，使软科学走向实用化的重要途径。我们深感“不好操作的主意，等于没有主意”。

冷热结合再一层的含义在于，不仅研究过程要冷热结合；在实施过程中也要冷热结合，这样既可在实践中检验决策是否正确，又可防止在执行中走样。所以，在工作中可以使用抓启动、抓跟踪、“跟一程”的方法。

（三）下大力抓信息的采集与筛选

政研工作从本质上讲像信息加工业。所以，信息是政研工作的生命线，为此，就要：

1. 搞好信息大联合

首先是搞好总公司内部软科学队伍的联合，包括情报研究、经济研究、信息网络、内部报以及学会、协会的信息交流和信息资源的共有共享。政研人员应始终把自己看作是整个软科学队伍的一个小分队，但又处在领头雁的位置上，出于对事业的责任心，主动地去做好交流和联合工作。

其次是要与兄弟部门、各大公司搞好信息联网。采用“请进来，走出去”的办法，扩大与友邻单位的联系，特别是与改组之后的公司的政研、体改部门的交流和交往，深感受益匪浅。

2. 善于开“贫矿”

更多的信息和思路火花来自大量的日常工作面，往往是量大而品位低。应十分注意以此来丰满自己，提出善于开贫矿的思想方法。网开一大片，抓住星星点点的思想火花，举一反三，由表及里，由浅入深，形成新思路。

3. 善于自我积累，自我修正

鉴于政研工作的特点，接触信息的面较广、渠道多、层次高。如何利用这些有利条件，积累信息，建立数据库、资料库、政策性语录、汇编、剪报是一个有效的办法。

在信息积累和筛选中，还要解决好一个“自我修正”问题（内称“导弹机制”，即不断反馈校正自己）。因为对外来信息的吸收，也像器官移植一样，存在排他性。如不能抛弃自己的固有成见，及时修正一些过时的观念，就会影响新思路的吸收。

努力在三件工作上下功夫

从事政研工作的同志要善于从全局观察问题，想大事，议大事，努力研究新情况，分析新问题，积极提供有价值的信息和对策建议。为此，政研人员应该做好三件工作。

（一）进一步贴近市场，向实用化迈进

政策研究应更注重经济、贴近市场、进入企业、深入到项目，向实用化迈进，向具有更强的应用性、针对性的咨询产业靠拢。要使研究工作通过对全局情况、宏观环境的观察与分析，直接服务于集团公司开发经营的硬任务，使研究成果进一步“硬化”，提高实际应用的效果，即“软起步，硬着陆”。进一步向着研究目标具体化、思路方案化、建议实用化、政策措施化的方向努力。为此，要加强对企事业单位、重点工程项目的调查研究。要强调“调查研究”是政研工作的基本方法，没有调查就没有发言权，就没有决策的参与权。

（二）建设好一支具有谋士素质的团队

政研人员多半在后台工作，重在参与，义在奉献，志在有效。要培养几个、十几个真正具有智囊与谋士的素质与眼光的人才，非一日之寒，为此：

1. 努力提高理论水平

要知晓现代科学技术基础理论和发展动态，当前特别要努力学习建设有中国特色社会主义理论、社会主义市场经济理论；要努力提高政策科学、信息科学、管理科学、经济学、政治学、社会学、法学等方面的理论功底，熟悉并掌握好我国现行的政策、法规体系。

2. 扩大掌握实际案例的容量

要多积累国内外有关本行业的实际案例，对国情、地情、人情、行情有更深的了解和研究，包括现实的和历史的，特别是对中国核工业史要有较深的了解。

3. 培养八种能力

实践证明，一个合格的研究人员必须具备较好的观察能力、思维能力、判断能力、阅读能力、综合能力、表达能力、公关能力、修正并战胜自己的能力。当然不同类型的研究人员应具备的深浅有所不同，但在范围上应包含这八个方面。

（三）拓宽纵横向交流的领域

政研工作也有一个“踩在前人肩膀上前进”的问题。政研人员应借鉴兄弟单位的经验、做法，推动本系统工作。如能做到“人为我用”“外为内用”“洋为中用”“古为今用”，将更是“如虎添翼”。为此，政研人员不仅应加强与同行的、相邻行业的交流来往，还要加强与社会上的研究所、高等学校以及国外的企业与机构的接触、了解，交流经验和信息资料。

读《一代核人的讴歌》有感

郑存祚

庆云同志讴歌的群体，是我国核事业初创时期由清华大学专门设系培养的一批核专业人才。他们在校时刻苦攻读，毕业后又积极参加了我国核事业的“两次创业”与开拓，并发挥了重要作用。他们受时代的召唤和熏陶，是幸运的；为核事业付出了艰辛，作出了贡献，又是光荣的。读了这首充满激情的诗篇，我更加感念祖国和母校的恩情，并十分敬仰这个群体的高尚精神，乃吟此小诗以献：

长思强国富黎民，
群启山林不避辛。
学友孜孜含动力，
核能默默寓精神。
各操专业雄心在，
为有激情尘世新。
万里江河泽邦土，
百年善诱日循循。

（本文作者：清华大学46级校友、原核工业部办公厅主任）

我国核科技工业发展历程大事记

（1955 年—2018 年）

一九五五年以前

1950 年 5 月 19 日，中国科学院近代物理研究所成立。该所于 1953 年 10 月更名为中国科学院物理研究所，1958 年 7 月更名为中国科学院原子能研究所，1984 年 12 月更名为中国原子能科学研究院。

1951 年 10 月，著名科学家杨澄中、杨承宗先后从英国和法国回国，带回了由钱三强委托他们采购的一批器材和图书。杨承宗还带回约里奥·居里给毛泽东主席的口信："你们要保卫世界和平，要反对原子弹，你们必须拥有自己的原子弹。"

1954 年 10 月，我国铀地质工作者在广西壮族自治区富钟县黄羌坪采集到新中国第一块铀矿石标本。铀矿石送到北京后，国务院地质部常务副部长刘杰向毛泽东、周恩来等中央领导汇报我国铀矿发现情况，毛主席说，我们国家也要发展原子能，并指出：这是决定国家命运的。

一九五五年

1955 年 1 月 15 日，在中共中央书记处扩大会议上，毛泽东主席听取了李四光、刘杰、钱三强关于铀矿资源和原子能科学研究基本情况的汇报后，作出了重大战略决策——发展中国原子能工业。

1955 年 1 月 20 日，中苏签订关于两国合营在中国勘察铀矿的协定。

1955 年 4 月，地质部三局成立，由国务院第三办公室领导。

1955 年 4 月 27 日，中苏签订了发展原子核物理研究协定。

1955 年 7 月 1 日，国家建委建筑技术局成立，由国务院第三办公室领导。

1955 年 7 月 4 日，中共中央批文指示，凡有关原子能事业由中央指定的三人小组（陈云、聂荣臻、薄一波）进行指导。具体业务由国务院第三办公室负责。

1955 年 8 月 15 日，包括实验性原子反应堆和回旋加速器的研究新基地定址北京房山县坨里地区（今新镇）。11 月 26 日开工兴建。

1955 年 9 月 14 日，决定在北京大学和兰州大学各设立一个物理研究室，并决定在北京大学和清华大学设置相关专业。清华大学于 1956 年正式成立工程物理系。

1955 年 12 月 10 日，国务院第三办公室制定出《关于

1956—1967 年开展原子能事业计划大纲（草案）》。

一九五六年

1956 年 4 月 23 日，中共中央发出《关于抽调干部和工人参加原子能建设工作的通知》，从全国 15 个省（直辖市、自治区）和中央 37 个部门抽调干部和工人参加原子能事业的建设工作。

1956 年 6 月 14 日，和平利用原子能被列为我国 1956—1967 年全国科学技术发展规划纲要重点任务的第一项。

1956 年 8 月 17 日，中苏两国政府签订关于苏联援助中国建设原子能工业的协定。

1956 年 11 月 16 日，第一届全国人大常委会第 51 次会议通过决定，设立中华人民共和国第三机械工业部，主管核工业的建设和发展工作。

一九五七年

1957 年，在赵忠尧的指导下，中国科学院原子能研究所研制成功了我国第一强能量为 2.5 兆电子伏的质子静电加速器，开始了我国粒子加速器的技术研究工作。

1957 年 10 月 15 日，中苏签订国防新技术协定。

一九五八年

1958 年 1 月 8 日，三机部党组决定设立第九局（后称二机部第九研究院），负责核武器研制和基地建设工作。7月13日，北京第九研究所成立。

1958年2月11日，第一届全国人民代表大会第5次会议决定，将第三机械工业部改名为第二机械工业部。

1958年3月，经中共中央批准，二机部组建一〇一、一〇二、一〇四等3个建筑工程公司，分别担负西北3厂（兰州铀浓缩厂、酒泉原子能联合企业、西北核武器研制基地）工程的土建施工。

1958年5月31日，中共中央批准二机部上报的“五厂三矿”选点方案。五厂为：衡阳铀水冶厂、包头核燃料元件厂、兰州铀浓缩厂、酒泉原子能联合企业、西北核武器研制基地；三矿为：郴县铀矿、衡山大浦铀矿、上饶铀矿。

1958年6月21日，毛泽东主席在中共中央军事委员会扩大会议上说：“搞一点原子弹、氢弹、洲际导弹，我看有十年功夫完全可能。”

1958年6月27日，毛泽东主席批准了聂荣臻上报中共中央的《关于开展研制导弹原子潜艇的报告》。报告提出：“原子动力堆由二机部负责。”任务落实到原子能研究所，开始进行潜艇核动力的研究设计工作。

1958年8月，经中共中央批准，二机部组建一〇三安装工程公司，承担西北3厂（兰州铀浓缩厂、酒泉原子能联合企业、西北核武器研制基地）的设备安装。

1958 年 9 月 13 日，建工部北京第三工业建筑设计院划归二机部，改名为二机部设计院。

1958 年 9 月 27 日，我国第一座重水反应堆和第一台回旋加速器在原子能所建成并交付使用，标志着我国开始跨进原子能时代。

1958 年 12 月，冶金部第三司划归二机部，改名为二机部十二局（铀矿冶局）。

一九五九年

1959 年 6 月 20 日，苏共中央致信中共中央拒绝提供原子弹教学模型和技术资料。其后不久，周恩来总理向宋任穷部长传达中央决定："自己动手，从头摸起，准备用八年时间搞出原子弹。"

1959 年 12 月 23 日，二机部制定出原子能事业八年规划纲要，提出"三年突破，五年掌握，八年适当储备"的奋斗目标。

一九六〇年

1960 年 1 月，中共中央批准二机部从全国选调 106 名高中级科技骨干，加强核武器的研制工作。

1960 年 2 月 29 日用于爆轰试验的北京郊区 17 号场地

炸药研制实验室及爆轰试验场第一期工程破土动工，揭开了核武器爆轰试验的序幕。

1960 年 3 月，中国第一座生产钚 -239 的石墨轻水反应堆动工兴建，1962 年重新开工，后于 1966 年 10 月建成。

1960 年 3 月，王淦昌领导的研究小组在杜布纳联合核子研究所发现了世界上第一个荷电负超子——反西格玛负超子。这项重大科研成果获 1982 年国家自然科学一等奖。

1960 年 7 月 16 日，苏联政府片面撕毁同中国签订的所有协定和合同。8 月 9 日，二机部发出《为在我国原子能事业中彻底实行自力更生的方针而奋斗》的电报指示，并于 12 月召开的部工作会议确定“自力更生过技术关，质量第一、安全第一”的工作方针。

一九六一年

1961 年 3 月 28 日，原子能所的放射线生物室和技安室部分迁往太原，与太原华北原子能所合并，成立华北工业卫生研究所。

1961 年 7 月 16 日，中共中央发出《关于加强原子能工业建设若干问题的决定》。

一九六二年

1962 年 4 月，湖南郴县铀矿开始试采。

1962年9月11日，二机部向中央写出《关于自力更生建设原子能工业情况的报告》，提出争取在1964年或1965年上半年实现第一颗原子弹爆炸试验的奋斗目标。10月19日，中央政治局讨论并批准了二机部的报告。10月30日，国防工业办公室主任罗瑞卿向毛主席、党中央写了关于加强原子能工业领导问题的报告。11月3日，毛泽东主席批示："很好，照办。要大力协同做好这件工作。"

1962年11月3日，江西上饶铀矿正式投产。

1962年11月17日，中央决定，在中央直接领导下，成立以周恩来为主任的中央15人专门委员会，并召开中央专委会第一次会议。

1962年11月22日，二机部制定出《1963、1964年原子武器、工业建设、生产计划大纲》。12月4日，中央专委会讨论批准了这一《大纲》。

一九六三年

1963年8月23日，衡阳铀水冶厂一期工程完工并开始试生产。11月，衡阳铀水冶厂建成投产。

1963年11月29日，六氟化铀工厂生产出第一批合格产品。

1963年12月24日，西北核武器研制基地成功进行一比二模拟核装置聚合爆轰出中子试验。

一九六四年

1964年1月，二机部决定成立反应堆工程研究所，担负核潜艇动力堆和其他堆型的研究工作。

1964年1月14日，兰州铀浓缩厂取得了高浓铀合格产品。

1964年，我国核物理学家王淦昌与苏联科学家几乎同时独立地提出了用激光打靶实现热核聚变的科学设想，成为世界上首创惯性约束受控热核聚变实验方法的奠基人之一。

1964年5月1日，原子弹核心部件加工合格。

1964年6月6日，1∶1模拟核装置聚合爆轰出中子试验成功。

1964年7月，在钱三强的领导下，甲种、乙种分离膜分别在中国科学院上海冶金研究所和冶金部北京钢铁研究院完成实验室研究，并于同年9月进行了扩大试验。

1964年8月25日，包头核燃料元件厂生产出合格元件铀芯棒。9月17日生产出第一批锂-6产品，23日首批氘化锂-6产品出炉。

1964年10月16日，我国第一颗原子弹爆炸试验成功。中国政府郑重宣布：中国在任何时候、任何情况下，都不会首先使用核武器。

一九六五年

1965年3月24日，中央专委召开第11次会议，要求二机部1970年建成核潜艇陆上模式堆。

1965年5月14日，我国成功实施了第一颗空投的原子弹试验，标志着中国有了可用于实战的核武器。

1965年6月，核燃料元件厂开始试生产08元件，10月全线建成投产。

1965年11月2日，邓小平、李富春、薄一波等中央领导，听取二机部关于“三线”选厂工作的汇报，并察看厂址。

一九六六年

1966年5月9日，我国进行了一次含有热核材料的核试验。

1966年10月，酒泉原子能联合企业军用生产堆建成。

1966年10月27日，我国成功地在本国领土上进行了导弹核武器试验。这是一次用我国自制的中近程DF-2导弹进行的“两弹相结合”的实弹试验，标志着我国已经具有可用于实战的核导弹，武器化进程取得了突破性进展。

1966年12月28日，我国氢弹原理试验获得成功。本次试验采用塔爆方式，爆炸威力为12.2万吨TNT当量，实际测到了聚变中子和裂变聚变反应的时间间隔等其他参数，说明我国已经基本掌握了制造氢弹的理论设计和关键技术。

一九六七年

1967年6月17日，我国第一颗氢弹空爆试验成功。

一九六八年

1968年7月18日，毛泽东主席指示，派出解放军部队支援核潜艇陆上模式堆建设工作。

一九六九年

1969年9月23日，我国进行了首次地下核试验。

一九七〇年

1970年2月初，周恩来总理听取上海市工作汇报时指出："从长远来看，要解决上海和华东地区用电问题，要靠核电。"2月8日，上海市组织传达总理指示，并研究落实措施，我国首座核电站（代号为"728"）的自主设计工作启动。同年11月，周总理针对二机部企事业单位管理体制问题说："二机部不光是爆炸部，而且要搞核电站。"1974年3月，周总理主持中央专委会议，第三次听取728工程的情况汇报，批准了30万千瓦压水堆的建设方案。

1970年4月18日，第一座采用萃取工艺的后处理厂投料，6天后取得合格的钚产品。

一九七一年

1971 年 8 月 23 日，我国第一艘核潜艇成功试航。1974 年交付海军正式服役。

一九七八年

1978 年 3 月 18 日，在全国科学大会上，核工业共计有 344 项科研成果获“全国科学大会奖”。

1978 年 10 月 17 日，我国成功进行第一次地下竖井核试验，基本上完成了地下核试验技术的探索攻关，为我国核试验完全转入地下奠定了基础。

一九七九年

1979 年 4 月，二机部召开工作会议。会议着重研究了工作重点转移的问题，提出了要积极发展核电和推广同位素与其他核技术的应用，积极承担民用产品和出口产品的生产及民用工程的设计和施工等。对此，国务院领导给予了充分肯定，并概括为“军民结合”“保军转民”方针。

一九八〇年

1980 年 2 月 25 日，国务院批准成立中国原子能工业公司。

一九八一年

1981 年 2 月 12 日，二机部、国防科委召开联席会议，提出应在优先保证军用的前提下，把重点转移到为国民经济服务上来。3月25日，国务院总理在国防科委《关于调整原子能工业发展方针的请示》上批示：同意原子能工业逐步转到为国民经济建设服务的方针。

1981年12月17日，中国核动力研究设计院设计建造的功率为125兆瓦的高通量工程试验反应堆项目通过国家验收。

一九八二年

1982年5月4日，第五届全国人大常委会第23次会议决定，将二机部改名为核工业部。

1982年10月12日，我国潜艇水下发射潜地核导弹飞行试验成功。

1982年12月25日，中国同位素公司成立。

一九八三年

1983年1月，国家科委、计委、经委联合召开“技术政策”论证工作会议，参加核电技术政策论证工作的，有来自国内核工业、电力、机械等相关部门的领导和技术专家近150人，最后，形成《核能发展技术政策要点》。

1983年3月9日，国务院召集有关部门，研究加快发展核电问题。

1983年4月25日，中国中原对外工程公司成立。

1983 年 9 月 3 日，国务院成立核电领导小组。

一九八四年

1984 年 1 月 1 日，我国正式加入国际原子能机构。

1984 年 2 月，为落实国务院关于发展核电的设想，李鹏率国务院核电领导小组考察兰州铀浓缩厂、酒泉原子能联合企业，形成《核电领导小组关于我国核燃料工业发展方针的报告》。同年 4 月 6 日，国务院办公厅转发了此报告。

1984 年 9 月 21 日，西南物理研究所受控热核聚变实验装置——中国环流器一号顺利启动。1985 年 11 月 16 日通过国家验收。

1984 年 10 月 30 日，国务院批准成立国家核安全局。

一九八五年

1985 年 3 月 20 日，我国自行设计、建造的浙江秦山 30 万千瓦核电工程开工。

一九八六年

1986 年 1 月 21 日，胡耀邦等中央领导同志接见了核工业部王淦昌、姜圣阶等 10 位专家，赞扬核工业战线取得了很大的成绩，勉励其为和平利用核能作出新贡献。

1986 年 5 月 11 日，我国第一个大型串列式静电加速器核物理实验室在中国原子能科学研究院建成。

1986年6月，第六届全国人大常委会第十六次会议举行，讨论了核工业部蒋心雄部长提交的《我国核电建设情况和发展方针》的报告，常委会确定加强安全、发展核电的方针。

1986年12月27日，中国中原对外工程公司与阿尔及利亚科技部签订了《重水反应堆工程合同》，称871工程。

一九八七年

1987年6月，核工业万吨级铀矿石地表堆浸项目取得成功。

1987年8月7日，采用法国核电技术的两台单机容量为98.4万千瓦压水堆核电机组的大亚湾核电站工程正式开工。

1987年8月14日，国务院在北戴河召开办公会议，研究核工业五洲工业总公司、酒泉原子能联合企业转民问题。

一九八八年

1988年，我国建成北京正负电子对撞机，成功地实现了电子正负对撞，并精确测定了 τ 轻子质量。同年10月24日，在视察北京正负电子对撞机工程时，邓小平同志说："如果60年代以来中国没有原子弹、氢弹，没有发射卫星，中国就不能叫有重要影响的大国，就没有现在这样的国际地位。这些东西反映一个民族的能力，也是一个民族、一个国家兴旺发达的标志。”

1988 年 9 月 16 日，国家深化改革，转变政府职能，经国务院批准，核工业部改为中国核工业总公司。

1988 年 9 月 29 日，我国成功地进行了中子弹试验。

一九九〇年

1990 年 2 月 26 日，国务院、中央军委发出国防〔1990〕16 号文:《关于调整中国工程物理研究院管理体制的通知》，从 4 月 1 日起执行。

1990 年 12 月，核工业《万吨级铀矿石地表堆浸》项目获国家科技进步一等奖。该项目不仅走出了一条经济可行的水冶工艺新路子，而且在工艺上填补了我国铀矿石万吨级堆浸技术的空白。

一九九一年

1991 年 1 月 21 日，我国第一座脉冲反应堆在中国核动力研究设计院建成。该堆的建成，使我国成为继美国之后世界上第二个掌握此堆型设计、建造技术的国家。

1991 年 6 月 15 日，江泽民总书记就“核动力骨干实验装置的建设”问题作了重要批示。这些装置建成后，将对我国核电建设的自主化以及核动力技术的开发创新发挥更大的作用。

1991 年 12 月 15 日，我国自行设计、建造的秦山 30 万千瓦核电站成功并网，从而结束了我国大陆无核电的历史。12 月 31 日，中国核工业总公司与巴基斯坦原子能委员会在北京签订了中国向巴基斯坦出口 30 万千瓦核电站合同。

一九九三年

1993年8月1日，巴基斯坦恰希玛一期工程（C1）开工。

1993 年 11 月 21 日，由中国、阿尔及利亚两国合作建设的实验性原子反应堆通过最终验收。

一九九四年

1994 年 2 月 1 日，广东大亚湾核电站 1 号机组投入商业运行。5 月 6 日，该核电站 2 号机组投入商业运行。

1994 年 3 月 30 日，宜宾核燃料元件厂成功生产出用于百万千瓦级压水堆核电机组的模拟组件。4 月 6 日，大型核电站燃料组件生产线投产。

1994 年 9 月，中国广东核电集团有限公司成立。

1994 年 10 月 1 日，江泽民为中国核工业创建 40 周年题词："和平利用原子能，发展中国核工业。"

一九九五年

1995 年 5 月 15 日，新华社发布消息："我国第一个核武器研制基地全面退役。"该基地环境的治理符合国家有关环境法规的要求，并通过国家验收。

1995 年 7 月 28 日，核动力运行研究所研制的我国第一台核电站仿真分析机通过部级鉴定验收，填补我国这一领域的空白。

一九九六年

1996 年 6 月 2 日，我国自主设计建造的浙江秦山二期核电站开工。

1996 年 7 月 29 日，我国进行第 45 次核试验。中国政府声明，从 1996 年 7 月 30 日起中国暂停核试验。这是为了响应广大无核国家的要求，也是为了推动核裁军而采取的一项实际行动。

一九九七年

1997 年 2 月 22 日，陕西铀浓缩有限公司铀同位素分离一期工程建成投产。1999 年 1 月 5 日，二期工程建成投产。

1997 年 5 月，广东岭澳核电站开工。

1997 年 7 月 10 日，“中核苏阀”在深圳证券交易所正式上市。

一九九八年

1998 年 6 月 8 日，采用加拿大坎杜 -6 核电技术、装机容量为 2×728 兆瓦的秦山三期核电站开工。

1998年9月12日，原七三一矿所属737原地浸出采铀国家重点工业性试验工程在新疆伊宁通过验收。

一九九九年

1999年7月1日，根据中共中央、国务院、中央军委关于深化国防科技工业体制改革的重大决策，在中国核工业总公司的基础上改组成立中国核工业集团公司、中国核工业建设集团公司。

1999年7月15日，国务院新闻办公室宣布，中国在掌握了原子弹、氢弹技术后，经过不太长时间的努力，已先后掌握了中子弹技术和核武器小型化技术。

1999年9月18日，中共中央、国务院、中央军委在北京举行表彰为研制“两弹一星”作出突出贡献的科技专家大会，决定授予23位专家“两弹一星功勋”奖章。其中，于敏、王淦昌、邓稼先、朱光亚、吴自良、陈能宽、周光召、钱三强、郭永怀、程开甲、彭桓武等11位为研制原子弹、氢弹作出突出贡献的核科技专家荣获“两弹一星”功勋奖章。

1999年10月20日，拥有2台单机容量106万千瓦的俄罗斯AES-91型压水堆核电机组的田湾核电站一期工程正式开工。

二〇〇〇年

2000年5月22日，在保留一支精干的核地质队伍的前提下，涉及 22 个省（自治区、直辖市）、77 个单位共 5.8 万人的核地勘队伍属地化工作基本完成。

2000 年 5 月 30 日，我国“863 计划”重点能源项目——中国实验快堆浇筑第一罐混凝土，正式开工建设。

2000 年 6 月 13 日，我国向巴基斯坦出口的首座核电站——恰希玛一期工程（C1）首次入网发电成功。

2000 年 6 月 18 日，江泽民总书记视察了兰州铀浓缩厂，亲切地对工厂领导和职工说：“感谢你们，你们对国家作出了贡献。困难情况今后会逐步改变，你们企业的前途一片光明。”

2000 年 12 月 21 日，清华大学 10 兆瓦高温气冷实验堆顺利建成。

二〇〇一年

2001 年 7 月 10 日，兰州铀浓缩厂铀同位素分离工程建成投产。

2001 年 12 月 21 日，我国第一条重水堆核燃料元件生产线在包头核燃料元件厂建成，每年可生产 200 吨燃料元件，实现了重水堆核燃料元件国产化。

二〇〇二年

2002 年 4 月 15 日，浙江秦山核电二期工程 1 号机组投入商业运行。随后，2004年5月3日，该核电站2号机组投入商业运行，标志着我国首座自主设计建造的大型商用核电站全面建成。

2002年5月28日，广东岭澳核电站一期工程1号机组投入商业运行。

2002年6月23日，胡锦涛副主席专程到秦山核电基地考察，并发表了重要讲话。胡锦涛指出："党中央关于建设秦山核电站、发展我国民族核电的战略决策是英明的、正确的，也表明我国的核电建设队伍是一支勇于开拓、自觉奉献、能打硬仗的好队伍。"

2002年8月26日，中国原子能科学研究院自主设计的中国先进研究堆工程开工，其主要技术指标位于世界同类研究堆的前列。它的建成将极大地增强我国在核科技领域的基础研究能力以及核工业的综合实力，推动并促进我国核技术的开发与应用。

2002年12月2日，国家重点科学工程——中国环流器二号A装置（HL-2A）开机成功，又于12月4日通过由国防科工委主持的工程竣工验收。

2002年12月31日，浙江秦山三核1号机组投入商业运行。2003年7月24日，2号机组投入商业运行。

二〇〇四年

2004 年 8 月 30 日，胡锦涛在参观《中国核事业 50 年成就展》时强调，“无论是从促进经济社会发展看，还是从保障国家安全看，我们都必须切实把我国核事业发展好。”8 月 31 日，江泽民在参观《中国核事业 50 年成就展》时强调，“实践证明，党中央作出发展核事业的战略决策是十分正确的，我国核事业队伍是一支具有光荣传统和创新能力的队伍。”

二〇〇五年

2005 年 1 月 15 日中核集团与中核建设集团联合召开我国核工业创建 50 周年庆祝大会。中央政治局常委、国务院副总理黄菊出席大会并发表重要讲话，指出“核工业是我国核威慑能力的源头和重要的物质、技术基础，核战略是无可替代的最重要的国家战略之一。”

2005 年 3 月 28 日，核二院、核动力院和核电秦山联营有限公司等单位联合完成的“秦山二期核电站设计和建造”获国家科学技术进步一等奖。

2005 年 10 月，党的十六届五中全会提出了《“十一五”规划的建议》，明确电力发展方针：“以大型高效机组为重点，优化发展煤电，在保护生态基础上有序开发水电，积极发展核电，加强电网建设，扩大西电东送规模。”

2005 年 12 月 28 日，巴基斯坦恰希玛核电站二期工程（C2）开工。

二〇〇六年

2006 年 2 月，胡锦涛总书记对中核集团工作做出“促进我国核工业又好又快又安全地发展”的重要批示。

2006 年 2 月 9 日，国务院发布了《国家中长期科学和技术发展规划纲要（2006—2020 年）》，确定了未来 15 年力争取得突破的 16 个重大科技专项，“大型先进压水堆及高温气冷堆核电站”名列其中。

2006 年 3 月 22 日，国务院常务会议讨论并通过了《核电中长期发展规划（2005—2020 年）》，《规划》拟定了我国核电的发展方针、战略和到 2020 年的发展目标。

2006 年 3 月 28 日，浙江秦山二核扩建工程开工建设，建设规模为两台 65 万千瓦压水堆核电机组。

2006 年 5 月 28 日，中国核电工程公司揭牌成立。10 月 20 日，中核新能核工业工程有限责任公司揭牌成立。两家 AE 公司的成立，标志着我国核电和核燃料产业建设走上了专业化发展的道路。

2006 年 11 月，我国和参加国际热核聚变实验堆（ITER）

计划谈判的各方代表，共同签署了《联合实施国际热核聚变实验堆计划建立国际聚变能组织的协定》及其他相关文件。

2006年12月28日，中国国核海外铀资源开发公司成立。

二〇〇七年

2007年4月18日，中国核能行业协会经国务院同意、民政部批准成立，会员383家核相关企事业单位。

2007年5月17日，江苏田湾核电站1号机组投入商业运行。8月16日，2号机组投入商业运行。

2007年5月22日，国家核电技术有限公司成立。

2007年6月，中国原子能科学研究院研制的EDF-M邮件爆炸物检测装置通过2008年北京奥运防爆安检装备专家组验收，成为北京奥运会反邮件爆炸恐怖的关键装备。

2007年9月10日，国资委、国防科工委在北京人民大会堂举办“传承核工业精神”报告会，央企在京单位、国防科技工业在京企事业单位和大专院校6000余人参加大会，眺台上悬挂“四个一切”核工业精神。

2007年9月26日，国防军工集团2007年惟一承担的科技部国家重点基础研究发展计划（973计划）项目——原子能院《嬗变核废料的加速器驱动次临界系统关键技术研究》项目获准立项。

2007年10月，国务院正式批准了国家发展改革委上报的《国家核电发展专题规划（2005—2020年），这标志着我国核电发展进入了新的阶段。

2007年11月23日，我国首台第二代高功率固体激光装置通过国家验收，标志着我国成为世界上第三个系统掌握了第二代高功率激光驱动器总体技术的国家。

2007年，核工业二一六大队等单位承担的《新疆伊犁盆地南缘可地浸砂岩型铀矿勘查研究及资源评价》项目，首次发现了我国第一个万吨级地浸砂岩铀矿床，探明了我国第一个特大型地浸砂岩型铀矿田。该项目2008年获国家科技进步一等奖。

二〇〇八年

2008年3月11日，十一届全国人大一次会议审议通过国务院机构改革方案，决定加强能源管理机构，设立高层次的议事协调机构国家能源委员会，组建国家能源局，由该局负责核电管理。成立国家国防科技工业局，由该局对包括核工业在内的军工行业实施行业管理。

2008年3月20日，核燃料后处理放化实验设施工程在中国原子能科学研究院举行负挖仪式，标志着我国放射化学研究即将跨入新的阶段。

2008 年 6 月 6 日，中核（天津）机械有限公司在天津揭牌成立。

2008 年 11 月 21 日，福建福清核电工程 1 号机组开工。2009 年 6 月 17 日，福建福清核电工程 2 号机组开工。

2008 年 12 月 26 日，浙江方家山核电工程 1 号机组开工。2009 年 7 月 17 日方家山核电工程 2 号机组开工。1、2 号机组建成后，总装机容量达 630 万千瓦的秦山核电基地将成为我国最大的核电基地。

二〇〇九年

2009 年 1 月 10 日，在北京人民大会堂举行的首届管理科学奖颁奖大会上，原二机部部长刘杰因在任内成功爆炸我国第一颗原子弹和第一颗氢弹，奠定我国第一艘核潜艇的技术物质基础，基本建成我国核燃料工业体系，在组织管理方面发挥了重大作用而获得管理科学特殊贡献奖。

2009 年 2 月 12 日至 3 月 21 日，中核集团有关专家组对动力堆乏燃料后处理中试工程冷试车验收暨热试启动进行了评估。经过评审，同意通过验收。这标志着我国首座动力堆乏燃料元件后处理中间试验厂又迈上了一个新的台阶。

2009 年 4 月 19 日，作为我国核电自主化依托项目之一的、世界首座采用三代压水堆核电技术 AP1000 建造的浙江三门核电一期工程开工建设。三门核电工程规划建设6台125万千瓦的核电机组，总装机容量为750万千瓦。

2009年7月1日，中共中央、国务院、中央军委向中国核工业集团公司等国防科技工业集团公司成立十周年发来贺信。这充分体现了党中央、国务院、中央军委对中国核工业集团公司的重视和关怀。

2009年9月24日，作为我国核电自主化依托项目之一、采用三代压水堆核电技术AP1000建造的山东海阳核电站工程开工建设。

2009年9月29日大亚湾核电站延长合营期合同签字仪式在北京举行。中共中央政治局常委、国家副主席习近平出席，并会见了参加仪式的香港特别行政区行政长官曾荫权和有关代表。根据新签订的合营期合同，中广核集团与香港中电将延长合营公司的合营期20年，至2034年5月6日。大亚湾核电站延长合营期合同的签署是中央政府为确保香港繁荣稳定作出的重要决策。

2009年11月18日，采用二代压水堆核电技术EPR建造的广东台山核电站工程开工建设。

二〇一〇年

2010年3月23日，中国国家副主席习近平在访问俄罗斯期间，与俄罗斯副总理茹科夫共同出席了《中国核工业集团公司与俄罗斯国家原子能集团公司关于在中国合作建造BN–800型示范快堆核电站2号机组的谅解备忘录》，以及田湾核电站扩建工程3号和4号机组框架合同签字仪式。

2010年4月25日，海南昌江核电工程开工建设。

2010年5月13日，由中核集团中国原子能科学研究院研发、设计和建造的具有世界先进水平的中国先进研究堆实现首次临界。

2010年5月27日，秦山三期1号机组首批国产21根辐照后钴调节棒全部安全卸出反应堆，这是国内首次成功实现利用重水堆批量生产钴–60同位素，填补了国内空白。

2010年7月15日，岭澳核电二期1号机组首次并网。

2010年7月21日，我国自主研发的中国第一座快中子反应堆达到首次临界，堆功率（热）65兆瓦。

2010年8月1日，秦山核电二期工程3号机组一次成功并网。

2010年9月19日，为纪念我国核工业创建55周年，中共中央政治局委员、国务院副总理张德江出席了在北京举行的“新时期核工业又好又快安全发展座谈会”，并发表讲话，指出“‘四个一切’精神，不仅是核工业的精神，也是我们党的精神，我们国家的精神，我们民族的精神。”

2010年11月4日，在胡锦涛主席和法国总统萨科奇的见证下，中国核工业集团公司总经理孙勤与法国阿海珐集团总裁罗薇中签署了《关于中国大型商业后处理——再循环工厂项目的谅解备忘录》和《中国阿海珐上海营业有限公司合资合同》。中国广东核电集团公司与法国阿海珐集团也签署了铀产品采购合同，未来10年向广东核电提供2万吨铀。

2010年11月13日，我国首个综合性核工业科技园——中核北京科技园在北京房山区奠基开建。该园区以核科技研发为主，覆盖核电、核燃料、核技术应用、核安全和核环保等核工业关键领域，将进一步加快推动我国核工业产业转型升级。

2010年12月21日，我国首座动力堆乏燃料后处理中间试验工程（中核四〇四中试工程）热调试取得圆满成功，这表明中核集团在核燃料循环产业实现重大突破。

二〇一一年

2011年3月15日我国向巴基斯坦出口的恰希玛核电站2号机组（C2）首次并网发电成功。

2011年3月16日国务院总理温家宝召开国务院常务会议，听取应对日本福岛核电站核泄漏事故有关情况的汇报。会议作出四项决定，决定中国暂停审批核电项目，对核设施进行全面安全检查。

2011 年 3 月 17 日，中核集团收购铀资源海外开发项目——尼日尔阿泽里克铀矿项目正式启动试生产。

2011 年 4 月 28 日，中国原子能科学研究院举行了 HI–13 串列加速器升级工程开工仪式。

2011 年 10 月 22 日，国际原子能机构总干事天野之弥到中国核工业建设集团公司进行友好访问，并为国际原子能机构核电建设培训中心揭牌。这是全球首家核电建设国际培训中心。

二〇一二年

2012 年 4 月 8 日，秦山核电二期扩建工程全面建成投产，投入商业运行。

2012 年 10 月 24 日，国务院总理温家宝主持召开国务院常务会议，讨论通过《能源发展“十二五”规划》，再次讨论并通过《核电安全规划（2011—2020）》和《核电中长期发展规划（2011—2020 年）》，重启核电，稳妥恢复建设。

2012 年 11 月 4 日，国土资源部宣布，内蒙古中部大营地区铀矿勘查取得重大突破，发现国内最大规模的可地浸砂岩型铀矿床。

2012 年 11 月 15 日，中国核工业集团公司总经理钱智民当选中国共产党第十八届中央委员会候补委员。

2012年11月17日，福清4号、阳江4号机组开工；12月9日，石岛湾高温气冷堆核电站示范工程开工；12月27日，田湾核电站二期工程开工。上述工程相继开工，标志着我国稳妥恢复核电建设。

2012年12月11日，在中核集团第二次科技工作会议上发布了“龙腾2020”科技创新计划，首批入选的项目包括8个科技创新示范工程和12个核心技术提升项目，均是与核工业发展密切相关的重大科技创新项目，技术含量高、市场潜力大、竞争力强。

2012年12月16日，中核集团在北京组织召开了福清5、6号机组（ACP1000）初步安全分析报告（PSAR）咨询评估会。与会专家认为，ACP1000按照最新的法规标准，通过一系列重要安全设计和技术改进，安全和技术指标达到了三代核电厂的要求。

2012年12月，历经长期的艰苦攻关，中核集团研制的铀浓缩离心机在兰州成功实现工业化应用。

二〇一三年

2013年4月5日，宁德核电站一期工程1号机组投入商运。6月6日，红沿河核电站1号机组投入商运。

2013 年 4 月 19 日，由中核集团自主研发的具备完整自主知识产权的先进压水堆核电站——ACP1000 初步设计通过了国家核行业权威鉴定。专家一致认为：ACP1000 的技术和安全指标达到了三代核电机组的同等水平。

2013 年 4 月 25 日，在中国国家主席习近平和法国总统奥朗德的见证下，中国核工业集团公司与法国阿海珐公司签署了中国大型商业后处理 – 再循环工厂项目合作意向书。

2013 年 6 月 21 日，中核集团公司宣布，中国铀浓缩离心机技术完全实现自主化。

2013 年 7 月 17 日，中核集团在江西相山铀矿基地宣布，中国铀矿第一科学深钻项目顺利终孔，钻探深度达 2818.88 米（以往为 1200 米），填补了我国铀矿深部找矿的空白。

2013 年 9 月 18 日，阳江核电站 5 号机组主体工程开工。9 月 27 日，田湾核电站 4 号机组主体工程开工。12 月 23 日，阳江核电站 6 号机组主体工程开工。

2013 年 12 月 26 日，由中国援建，采用中核集团自主研发的三代核电技术的巴基斯坦大型核电项目在卡拉奇举行启动仪式。巴基斯坦总理谢里夫参加破土动工仪式。

二〇一四年

2014 年 3 月 24 日，国家主席习近平出席在荷兰海牙举行的第三届核安全峰会，阐述了中国关于发展和安全并重、权利和义务并重、自主和协作并重、治标和治本并重的核安全观。

2014 年 6 月 30 日，中核建中核燃料元件生产线 400 吨扩建技改工程全线投产。中核建中实现了年产金属铀从 400 吨到 800 吨的跨越，产能跻身世界前列。

2014 年 7 月 4 日，中国原子能科学研究院自主研发的 100 兆电子伏特质子回旋加速器首次调试出束。100 兆电子伏特质子回旋加速器是国际上最大的紧凑型强流质子回旋加速器。

2014 年 7 月 10 日，中核集团公司自主研制的先进核燃料元件 CF3 进入随堆运行考验阶段。它将为我国自主三代核电建设及"走出去"提供更加有力的保障。

2014 年 9 月 3 日，中核集团公司与阿根廷核电公司签署了《阿根廷第四座重水堆核电站项目框架合同》。

2014 年 11 月、12 月，国家能源局发函，同意福清 5、6 号核电机组、防城港 3、4 号核电机组采用"华龙一号"技术方案。"华龙一号"是中核集团公司和中广核集团公司采用国际最高安全标准研发设计的三代核电机型，具有完整自主知识产权。

2014 年 12 月 1 日，中宣部确定中核集团公司为践行社会主义核心价值观百家经验单位。

2014年12月10日，中广核集团公司“中广核电力”在香港联合交易所正式挂牌交易。

2014年12月15日，秦山方家山核电1号机组投入商运。2014年先后有阳江核电1号机组、宁德2号机组、红沿河核电2号机组、福清核电1号机组投入商运。

2014年12月17日，中核北方核燃料元件公司宣布，全球首条工业规模高温气冷堆核电站球形核燃料元件生产线建成。

二〇一五年

2015年1月，国家主席习近平、国务院总理李克强就我国核工业创建60周年作出重要批示。习近平指示：“核工业是高科技战略产业，是国家安全重要基石。要坚持安全发展、创新发展，坚持和平利用核能，全面提升核工业的核心竞争力，续写我国核工业新的辉煌篇章。”李克强指示：“希望弘扬传统，聚焦前沿，全面提升核工业竞争优势，推动核电装备‘走出去’，确保核安全万无一失，为把我国建成核工业强国而继续奋斗。”

2015年4月15日，李克强总理主持国务院常务会议，核准建设“华龙一号”示范工程。

2015年5月7日，“华龙一号”示范工程——福清核电5号机组正式开工。标志着中国自主三代核电技术走向工程建设的新阶段。

2015年6月10日，中国核能电力股份有限公司在上交所挂牌上市。媒体报道：“巨无霸中国核电登陆A股”。

2015年6月15日，中共中央政治局常委、国务院总理李克强考察中国核电工程公司，详细了解“华龙一号”，表示：“你们为我撑腰，我为你们扬名。”

二〇一六年

2月，中核集团突破质子治癌核心技术，原子能院230MeV医用质子回旋加速器样机完成主设备施工设计和关键设备实验验证。6月，国产化质子治疗示范中心落地天津。

3月26日，我国首座微型中子源反应堆（简称微堆）圆满完成低浓化改造，实现首次满功率运行。7月，中核集团发布首套数字微堆系统。

4月22日，国际原子能机构（IAEA）向中核集团提交了ACP100通用反应堆安全审查终版报告，ACP100成为全球首个通过IAEA安全审查的小堆技术。

6月6日，中国核能建设股份有限公司正式登录“上交所”，股票简称“中国核建”。

7 月，新疆蒙其古尔铀矿二期工程建成，标志着我国首个千吨级天然铀生产基地诞生。

8 月 6 日，我国首次举行综合性核安保突发事件应对演练，代号为“风暴-2016”，检验了核安保系统和应对突发事件响应机制的有效性。

11 月 9 日，中英核联合研发与创新中心揭牌，这是我国和西方发达国家共同建设的首个核领域联合研发中心。

11 月 25 日，印有核辐射标志的黄色圆筒被平稳地送入川北处置场，这标志着中核集团八二一厂中低放废液处理、处置全线打通，意味着八二一厂液体放射性废物处理、处置实现了全流程生产，是我国核环保产业发展的标志性事件。

11 月 26 日，“华龙一号”示范工程首堆燃料组件采购合同正式签署，标志“华龙一号”示范工程首堆燃料组件进入批量化生产阶段。

11 月，由中核集团核工业西南物理研究院自主研发制造的国际热核聚变核心部件——超热负荷第一壁原型件，在国际上率先通过权威机构认证。

12 月 12 日，集团公司召开中层以上管理人员大会，中组部副部长高选民在会上宣布了中央关于集团公司主要领导变动的决定，王寿君任集团公司董事长、党组书记。

12 月 28 日，中核集团巴基斯坦恰希玛核电 C3 项目提前投入商业运行，顺利移交巴基斯坦原子能委员会。巴基斯坦总理谢里夫出席投运庆祝活动。

二〇一七年

3月16日，王寿君与沙特地质调查局局长纳华伯签署《中国核工业集团公司与沙特地质调查局铀钍资源合作谅解备忘录》。

5月17日，王寿君与阿根廷核电公司总裁塞莫罗尼在北京人民大会堂签署了关于阿根廷第四座和第五座核电站的总合同。

5月25日，"华龙一号"全球首堆福清核电5号机组穹顶成功吊装，全面进入设备安装阶段。国务院总理对"华龙一号"福清核电5号机组建设工作作出重要批示。

6月8日，哈萨克斯坦总统纳扎尔巴耶夫在阿斯塔纳世博会参观了中国馆"华龙一号"模型，华龙一号是中国完全自主知识产权的三代核电技术。

7月17日，高温气冷堆第20万个球形燃料元件成功下线，标志着全球首条高温气冷堆元件生产线实现工业规模转化。

8月24日，中核集团与沙特地调局签署《中国核工业集团公司与沙特地质调查局铀钍资源深化合作谅解备忘录》。

8 月 29 日，加纳微堆高浓铀燃料安全顺利从加纳运还中国，这意味着中国参与的加纳微堆低浓化项目圆满完成，标志着我国在华盛顿核安全峰会上提出的“加纳模式”成功实现。

9 月 1 日，王寿君与巴西国家电力公司、巴西核电公司共同签署了合作谅解备忘录，就中巴双方建设安哥拉 3 号核电站及未来新建核电项目合作达成重要共识。

9 月 1 日，国家正式发布《中华人民共和国核安全法》，自 2018 年 1 月 1 日起正式实施。

9 月 7 日，中国工程院院士彭士禄获得 2017 年度“何梁何利基金科学与技术成就奖”。他捐出了全部奖金，在中核集团设立“彭士禄核动力奖”。

10 月 13 日，巴基斯坦卡拉奇核电厂 K2 号机组（华龙一号海外首堆）实现穹顶吊装。

11 月 21 日，王寿君与巴基斯坦原子能委员会主席穆罕默德·纳伊姆签署恰希玛核电 C5 机组商务合同。将在巴建设第三台“华龙一号”核电机组。

11 月 28 日，中核集团在原子能院发布“燕龙”泳池式低温供热堆。

12 月 29 日，我国新一代铀浓缩离心机大型商用示范工程首批机组在中核陕西铀浓缩有限公司成功启动，标志着我国向专用设备强国迈出坚定步伐。

12月29日，中国示范快堆工程在福建霞浦土建开工，对我国发展第四代先进核能技术，抢占核能科技创新战略制高点具有重大意义。

二〇一八年

1月31日，中国核工业集团有限公司与中国核工业建设集团有限公司实施重组，中国核工业建设集团有限公司整体无偿划转进入中国核工业集团有限公司，不再作为国资委直接监管企业。

1月，中核集团首次实现国产钴-60放射源规模化出口。

3月16日，王寿君董事长在集团公司总部会见约旦原子能委员会主席图甘。王寿君与图甘分别代表中核集团与约旦原子能委员会签署了《“华龙一号”合作谅解备忘录》和《高温气冷堆合作谅解备忘录》。

3月20日，我国新一代铀浓缩离心机大型商用示范工程在中核陕西铀浓缩有限公司全面建成。

5月30日，中核集团在京召开核工业第一批厂矿创建60周年座谈会。余剑锋出席并讲话，和自兴主持。

6月8日，在国家主席习近平和俄罗斯总统普京见证下，中核集团与俄罗斯国家原子能集团在人民大会堂签署《田湾核电站 7/8 号机组框架合同》《徐大堡核电站框架合同》和《中国示范快堆设备供应及服务采购框架合同》，项目总价超过千亿元人民币。

6月9日，中核集团承担的国际热核聚变实验堆（ITER）磁体支撑首批产品交付。我国成为首个向 ITER 项目批量交付核心产品的国家。

6月 28 日，国资委在核工业科技馆首发了中央企业工业文化遗产（核工业）名录，这份名单涵盖了核工业具有代表性的 12 项工业文化遗产，形成了核工业从兴起到现代化的完整历史叙事。

6月 30 日，中核集团三门核电 1 号机组首次并网成功、9 月 21 日具备商运条件；中核集团三门核电 2 号机组 8 月 24 日首次并网成功，11 月 5 日具备商运条件。这是全球首批建成的 AP1000 依托项目。

7 月 6 日，中国核技术应用产业领军企业——中国同辐股份有限公司（中国同辐，1763.HK）在香港成功上市，实现了中核集团在国际资本市场上新的突破。

7 月 19 日，中央决定：余剑锋任董事长、党组书记，顾军任董事、总经理、党组副书记，祖斌任董事、党组副书记，杨长利、李定成、俞培根、李清堂、曹述栋、和自兴任副总经理、党组成员，陈书堂任总会计师、党组成员，王杰之任党组纪检组长、党组成员。

7月28日至8月15日，中核集团分别与清华大学、上海交通大学、西安交通大学、哈尔滨工程大学等四大高校签署深化战略合作协议，建立“小核心、大协作”的科技创新体系，协同推进我国先进核能技术研发和产业化发展。

8月，“两核”重组后，中核集团制定了新时代发展战略，明确提出了“以建设先进的核科技工业体系和打造具有全球竞争力的世界一流集团，推动我国建成核工业强国”的新时代“三位一体”奋斗目标，以及到2020年、2035年、本世纪中叶的三个阶段发展目标。

9月17日，余剑锋董事长在维也纳参加国际原子能机构（IAEA）第62届大会，并在大会科学论坛上以“核能发展与气候环境”为题发言。

9月26日，中核集团首个质子治疗示范工程项目在天津肿瘤医院滨海院区开工建设。

11月15日，中核集团以多种形式隆重庆祝改革开放四十周年。中核集团召开了“中核集团改革开放四十周年新闻发布会”。

11月19日，由中核集团自主研发、具有完全自主知识产权的我国新一代铀浓缩离心机大型商用示范工程顺利通过国家验收。

11 月 24 日，中核集团自主研发的我国首个满足三代核电要求的锆合金材料——CF3 核燃料组件 N36 锆合金材料首批产品成功下线，通过验收。

11 月 26 日，中国铀业与力拓公司正式签署纳米比亚罗辛铀矿项目股权收购协议，获得罗辛项目的控股权，标志着中核集团海外铀资源开发利用迈出重大步伐。

12 月 6 日，中核集团在四川成都发布我国首套军民融合安全级 DCS 龙鳞系统。

12 月 9 日，我国工业领域最高奖项——第五届中国工业大奖在京揭晓。中核集团中国核电工程有限公司问鼎中国工业大奖。中核集团中国同辐股份有限公司“利用核电重水堆生产钴-60 技术研发及产业化进程”项目荣膺中国工业大奖提名奖。

（篆刻）

核之魂

跋

核工业精神形成于第一次创业，发展于第二次创业，在新时期又将新的理念和价值观融入其中。在纪念我国核工业创建50周年活动中，将核工业精神表述为“事业高于一切，责任重于一切，严细融入一切，进取成就一切”。中核集团党组提出“将核工业精神在新时期发扬光大”的要求，深入宣传、弘扬、践行了“四个一切”的核工业精神，不断赋予“核工业精神”新的内涵，并努力贯彻到“做强做优、世界一流”的实践中。庆云同志也通过座谈、讲课、研讨等多种形式，深入核工业企事业单位，广泛接触新老职工和各级领导，在此基础上对反映核工业发展历程和创业精神的书稿作了进一步的充实、概括和提炼，可谓十年磨一剑。

庆云同志于上世纪60年代初投身核工业的初期创业，曾在我国首座铀浓缩工厂从事核安全防护、环境保护等科研生产和管理工作，20余年中积累了丰富的企业工作经验。80年代初又调入核工业部机关，负责发展战略和核企事业的改革开放、转型振兴的政策研究，参与有关重要文件的起草和重大决策的讨论。在长期工作中，庆云同志善于思考，勤于积累，实事求是。此书以简洁的语言表述了核工业精神和我国核工业创建、发展、改革、开放的简要历程，以史为鉴，对现今的核工业发展和企业文化建设当有裨益。

蒋心雄

（跋作者：全国人大常委会财经委原副主任，原核工业部部长、中国核工业总公司总经理）

后 记

在本书形成和出版的过程中，得到了核工业系统方方面面、上上下下的支持、帮助和指导。当时已九旬高龄的原二机部刘杰老部长为核工业精神题了词，并为本书作序，我的老领导原核工业部心雄部长为本书写了“跋”，中核集团的领导也十分重视和支持。《核铸强国梦系列丛书之激情岁月讴歌》出版前，彭士禄彭老热情洋溢地为新版作了序。中核集团科技委、党群工作部、人力资源部以及新闻宣传中心和中国原子能出版社都给予了大力支持和帮助。中核集团保密委员会组织了保密审查。秦山核电基地、兰铀公司、中核（天津）机械公司等单位提供了资料和图片。郑存祚、李鹰翔、黄国俊、杨志平、陈运、李志超、杨新英、邱贤芬、汪兆富、石侠民、陈世齐等老同事，对本书文稿的审阅、修改、编排做了大量工作。我的老伴桂祖琲相濡以沫、全力支持，还参与了图片的后期处理。在此，谨向他（她）们以及所有助推本书出版的单位和同志们表示衷心的感谢！

郑庆云

2019 年 5 月